Friedrich Schiller

Die Räuber - Trauerspiel

Ausgabe 2

Friedrich Schiller

Die Räuber - Trauerspiel
Ausgabe 2

ISBN/EAN: 9783744702751

Hergestellt in Europa, USA, Kanada, Australien, Japan

Cover: Foto ©Andreas Hilbeck / pixelio.de

Weitere Bücher finden Sie auf **www.hansebooks.com**

Die
Räuber.

Trauerspiel,

von

Friedrich Schiller.

Für die Bühne bearbeitet,

von

C. M. Plümicke.

Zweite, verbesserte, rechtmäßige Ausgabe.

Berlin, 1787.
In Commission bei Friedrich Maurer.

Vorbericht.

Die meisterhafte Vorrede vor der ersten
Ausgabe im J. 1781 giebt den Leitfaden an
die Hand, nach welchem der Verfasser die=
ses Schauspiel, das nur die Vortheile der
dramatischen Methode benußte, um die
Seele gleichsam bei ihren geheimsten Opera=
tionen zu ertappen, in Absicht der Morali=
tät, beurtheilt wissen will. Der Werth des
Stücks bleibt entschieden, was auch gern
Schwachherzige dagegen, in manchem
Betracht, aufbringen möchten. — "Der
Pöbel in allen Ständen (sagt der B.) wur=
zelt zum Unglück weit um sich und giebt den
Ton an. Noch so viel Freunde der Wahr=
heit mögen zusammentreten, ihren Mitbür=

gern auf Kanzel und Schaubühne Schule zu halten: er wird nie aufhören, Pöbel zu seyn, und wenn Sonne und Mond sich wandeln und Himmel und Erde veralten, wie ein Kleid. Zu kurzsichtig, das G a n z e dieses Stücks auszureichen, zu kleingeistisch, das G r o s s e darinn zu begreifen, zu boshaft, das G u t e desselben wissen zu wollen, wird man vielleicht eine Apologie des Lasters, das man zu stürzen suchte, darinn zu finden meinen, und seine eigne Einfalt den armen Dichter entgelten lassen, den man gemeiniglich alles, nur nicht Gerechtigkeit wiederfaren läſſt." —

Die zweite gleichfalls zu Manheim erschienene Ausgabe vom J. 1782, brachte zwar das Schillersche Stück der Möglichkeit theatralischer Aufführung um ein großes näher, hatte aber in dieser Rücksicht bei weitem noch nicht genug geleistet. Viele Scenen bedurften Verkürzung, Dialog und Sprache im Ganzen Präciſion und Berichtigung. Letztere ward auch besonders bei

denenjenigen Stellen nöthig, wo von dem
Zeitalter die Rede war, in welchem das
Stück spielt. In dieser mir, in meiner
damaligen Lage, gleichsam abgedrunge-
nen Bearbeitung that ich so viel, als nach
meiner seit Jahren erlangten Theaterkennt-
nis, ohne Verstümmelung des Originals,
möglich war. Ich wählte überall den Mit-
telweg zwischen der ersten und Manheimer
Ausgabe, suchte den Bösewicht Franz, den
ich in einen Bastard umschuf, in Absicht
mehrerer seiner Handlungen zu motiviren,
auch Karl Moor's Schicksal genauer zu
bestimmen. Dadurch erhielt das Stück einige neue Expositionsscenen und einen ver-
änderten Schlus.

Die Würkung bei der Aufführung war
bekanntermaßen ausserordentlich gros. Ob
meine Bemühungen dem Original Nachtheil
oder Nutzen gestiftet, — kann und darf ich
zwar nicht entscheiden; aber Belohnung
genug für mich, wenn das Stück sich seitdem in dieser Gestalt auf allen deutschen

A 3

Bühnen bei unvermindertem Beifall erhielt,
und weder diese Räuber, noch die Ver-
schwörung Fiesko's, ohngeachtet dessen,
was ein hämisches Kunstrichtervölkchen aufbringen wollte, dennoch durch keine bessere
Bearbeitungen verdrungen wurden; ja, wenn
vielmehr Kenner die hier hinzugekomme-
nen Scenen und übrigen beträchtlichen Ver-
änderungen des kraftvollen Schillerschen
Originals würdig erkannten!

Berlin, den 18ten Sept. 1787.

C. M. Plümicke.

Die Räuber.

Trauerspiel

in fünf Akten.

Personen:

Maximilian, regierender Graf von Moor.

Carl,
Franz,
} seine Söhne.

Amalia von Edelreich, seine Nichte.

Spiegelberg,
Schweizer,
Grimm,
Roller,   } Libertiner, nachher Banditen.
Razmann,
Schufterle,
Rosinsky,

Hermann, Bastard eines Edelmanns.

Ein Pater.

Daniel, ein alter Diener.

Mehr Bediente.

Ein Aufwärter im Gasthofe.

Räuber.

Der Ort der Handlung ist Deutschland.

Das Stück spielt in der Zeit, als der ewige Landfriede in Deutschland errichtet ward;— folglich im Kostüm des Jahres 1490.

Erster Akt.

Erster Auftritt.

Franken. Moorisches Schlos.

Franz von Moor's Zimmer.

Franz v. Moor. Hermann, tritt eben herein.

Franz M. Sieh da! Guten Morgen Herrmann! — So pünktlich?

Herrmann. O ja! — Nur zu sehr, denk ich.

Franz M. Hast du den Brief? — Zum Wetter! was für ein Gesicht?

Herrmann. Mich deucht, Junker! daß es ein hundsvött'sches Gewerbe ist, ein halber Böse-wicht zu seyn.

Franz M. Erinnre Dich, wie oft ich selbst zu dir sagte: Sei, was du immer willst, — ein Hei-liger oder ein Schelm! Brutus oder Katilina! nur sei nichts halb! — Den Brief, Herrmann! Den Brief!

A 5

Herrmann. Hier! (zieht den Brief hervor, behält ihn aber in der Hand) Noch ward mir kein Schelmstreich so schwer, zu so vielen ich auch die Hand bot. Vier Seigerstunden wankt' und kämpft ich. Nagende Angst im Herzen, — kalte Schweistropfen auf der Stirn, — so fand mich die zwote Stunde nach Mitternacht. Dann erst schrieb ich. — Als ich fertig war, krächzt' ein **Rabe** unter meinem Fenster.

Franz M. Ein Brief unter solchen Aspekten verspricht gute Würkung. — (mitleidig lächelnd) Armer Junge! — (wirft ihm einen Beutel mit Geld zu) Nun da! Für deine Nachtwache!

Herrmann. (ihn zurückwerfend) Und da, Junker! Für Euern Spott!

Franz M. (empfindlich) Herrmann!

Herrmann. Laßt mich ausreden! — Ich warf mich auf's Bett; aber ein Rest von Schwachsinn oder — wie es sonst in Eurer Sprache heissen mag! lies mich nicht schlafen. Wohl zehnmal sprang ich auf, den Brief wieder zu vernichten, und vermocht' es nicht. Zwischen mir und ihm stand, gleich einem Riesen, Eures Vaters Beleidigung —

Eures Bruders verachtvolle Begegnung. — O
verdammt will ich seyn, wenn ich sie je vergesse!

Franz M. Auch ich, Herrmann! Auch ich! —
Sieh! Dir will ichs vertrauen. Ich fühlte nie
was Wohlwollendes für diesen Bruder. War er
nicht der Erstgebohrne? das Vatersöhnchen, das
mich in Schatten setzt? Noch mehr! Denn war=
um sollt' ich Dir etwas verheelen? (näher zu ihm,
und vertraulicher) Selbst bei'm Anblick der grauen
Haare meines Vaters, fühlt' ich noch nie, was
andere zu empfinden wähnen. Kein grosser Geist
darf unter den Anfällen der Kindheit erliegen.
Auch ich weis die Empfindungen der Natur in
den Damm der Vernunft zu zwängen und Ergies=
sungen zu hemmen, die das Herz nicht befruch=
ten, sondern seine Blüte verwelken. — Gieb mir
den Brief!

Herrmann. (der bisher in tiefen Gedanken stand)
Um meiner Ruhe — um Eurer ewigen Glücksee=
ligkeit willen! ich darf nicht. (will ihn zerreissen)

Franz M. (der ihn verhindert) Bei meinem ewi=
gen Haß! — Gieb, sag' ich.

Herrmann. Auch jetzt noch, nachdem ich Eure
wahren Gesinnungen kenne? — Nein Franz!

Meine Rache soll mit Eurem Plan nichts gemein
haben. Eh' mögen Hölle und Himmel -- -- --
Laßt mich!

Franz M. (aufgebracht, sucht sich mit Gewalt des
Briefes zu bemächtigen) Gieb, sag' ich, feiler Sklav!
Bastard!

Herrmann. (wütbend) Bastard? Bastard? —
Wahrt euch, Junker! daß der "Bastard" nicht
über Euren eigenen Kopf komme! — (indem er sich
wieder zur Freundlichkeit zwingt) Doch verzeiht! Ich
seh's wol, ich gieng zu weit. Nur laßt mich
nicht entgelten, was das Schicksal that! Für
Euch schrieb ich diesen Brief; — und hier ist er!
(giebt ihn ihm hin) Doch nun vergönnt mir einige
Augenblicke Gehör! Kommt her, und setzt Euch!
(holt Stühle. Franz in Erwartung. Beide setzen sich)

Als Eure Mutter starb — noch denk ich's oft,
wie künstlich ihr jeden, selbst bis zum geringsten
Bedienten, von ihrem Sterbebett' zu entfernen
wußtet, — da war ich Euer einziger treuer Ge-
hülfe. Es kam drauf an, daß wir uns der etwa-
nigen Baarschaft und Kostbarkeiten der Verstor-
benen bemächtigten: und dies gelang uns trefflich.
Fünf Beutel mit alten gediegenen Münzen, und

ein diamantener Schmuck lohnten der Mühe. — Schon wollten wir mit dieser Beute davon, als Euch's einfiel, zuvor auch ihr Kopflager zu durchsuchen. Das thaten wir, — und siehe! da zog ich noch einen schmalen ledernen Beutel hervor, der gleich den übrigen blos Schaumünzen und Geld zu enthalten schien.

Franz M. War's nicht? — Ich hätt' doch drauf schwören wollen.

Herrmann. Auch ich. Aber hört weiter!— Den Beutel Quästionis warft Ihr mit verachtungsvoller Grosmuth mir zu, und hieltet mich überreichlich belohnt. Hm! hm! Ihr hattet Recht, Junker. Ich war's auch, — ohngeachtet Eurer ungleichen Theilung. O Ihr wusstet nicht, wie sehr Ihr mich belohntet!

Franz M. (vor sich hinmurrend) Bei Gott! Dann that ich's ohne Vorsatz.

Herrmann. Denn seht nur, indem ich das Eingeweide Eures Beutels ausleerte, fand' ich da — tief auf dem Grund — ein kleines versiegeltes Pack Papiere.

Franz M. (fährt auf und scheint betreten) Vielleicht Briefe von meiner Mutter! — Komm! gieb mir fie, Herrmann! Oder verbrenn' fie wenigftens unentfiegelt!

Herrmann. Zu fpät, Franz! (bedeutend) Längft ward's entfiegelt; — mit ihm das groffe wichtige Geheimnis.

Franz M. (vor fich) Bei Gott! er macht mich zittern. —

Herrmann. (fucht in der Brieftafche, und zieht einen Brief hervor) Zum Beifpiel! Eure Mutter war eine züchtige ehrbare Matrone; — (näher zu ihm rückend) aber freilich, eh' fie das ward, — ich bitte, erftaunt nicht zu fehr! Ihr kennt ja den Weltlauf, Franz! — ein luftiges rafches Weibchen.

Franz M. (fpringt auf) Hölle und Verzweiflung! — (wüthend) Wer befahl dir, das Siegel zu brechen?

Herrmann. Frau von Moor! — Seine Falfchheit!

Franz M. Gieb mir die Briefe meiner Mutter, fag' ich! Diefen Augenblick!

Herrmann. (kalt) Sobald wir zuvor den Baftard ins Reine gebracht! Denn feht! — das Geheimnis diefer Briefe betrift Euch.

Franz M. Teuflischer Bastard! Mich? —
Mich?

Herrmann. So ist's! Vielleicht wär's mit mir
erstorben; aber nun —— Sagt! Haben's Euch
Amme und Wärterinnen nie erzält, daß Ihr Eurer
Mutter einst zwei Monat zu früh vom Stapel gelaufen seid?

Franz M. (stiert ihn an)

Herrmann. (hält ihm einen auseinandergeschlagenen
Brief dicht vor's Gesicht) Seht! Seht! Ihr kennt
doch Eurer Mutter Hand noch? — Nun, so
hört! Dies schrieb sie an ihre Schwester. — (liest)
"O daß Thränen mich zu entsündigen vermöchten!
"Daß der Himmel mir verzieh'n hätte, so wie ich
"dem verführerischen Bösewicht auf seinem Tod-
"bette verziehn habe! Vor 25 Jahren, — kurz
"zuvor, eh mein Gemahl aus dem Böhmenkrieg
"rückkehrte, ward ich die Beute der listigsten Ueber-
"raschung. — Franz, mein zweiter Sohn, —
"ist die Frucht einer heimlichen strafbaren Um-
"armung." (ihm, wie vorhin, den Brief vorhaltend,)
Seht! Seht! Hier steht's!

Franz M. (der während dem Lesen auf den Stuhl
zurücksank, und das Gesicht mit den Händen bedeckte,

ſpringt hinzu, ihm den Brief zu entreiſſen) Vers
fluchter!

Herrmann. (ſteckt ihn ein) Man ſagt, Satan
wiſſe die Bibel; und ich ſollte die Hauptſtelle
dieſes Briefs nicht wiſſen? — Laſſt doch ſehn!
„Franz, — mein zweiter Sohn, — iſt die
Frucht einer heimlichen ſtrafbaren Umar=
mung.“ —

Franz M. (ſchlägt ſich, auſſer ſich, vor die Stirn)
Mächte der Hölle! Ich ein Baſtard? (einen
Augenblick nachdenkend) Ha! vortreflich! — Ab=
ſcheulich, teufliſch wollt ich ſagen!

Herrmann. (will gehn) Lebt wohl! (im
dräuenden Ton) Eure Wohlfahrt in meiner Hand
— — So bedient Euch nun meines Briefes!

Franz M. (wie vorhin) Verfluchtes Weib!
Nicht Mutter!

Herrmann. (kommt einige Schritte zurück) Still
doch! Um Eurer ſelbſt willen! Ihr ſeyd auſſer Euch.

Franz M. Du haſt Recht. Seegen in der
Gruft verdient ſie; nicht Verwünſchung. — (voll
wilder Freude) Herrmann! Herrmann! Ich bin vater=
los! bruderlos! (einige Augenblicke nachdenkend)
Triumph! Mein Plan iſt fertig!

Herrmann.

Herrmann. Und der ist?

Franz M. Hast du das Fräulein von Edelreich schon vergessen?

Herrmann. Wetter Element! warum erinnert Ihr mich daran?

Franz M. Mein Bruder war's, der sie dir wegfischte.

Herrmann. Er soll dafür büßen. — Zu seiner Zeit, versteht sich.

Franz M. Sie gab dir einen Korb; und er, — er glaub' ich, warf dich die Treppe hinunter.

Herrmann. (mit verbissener Wuth) Ich will ihn dafür in die Hölle schleudern.

Franz M. Was? Du wirst böse? Würklich? Ei nicht doch! Wie kannst du böse auf ihn seyn? Wie kannst du ihm böses thun wollen? — Geh, geh, du kannst nichts, als deine Zähne zusammenschlagen, und deine Wuth an trocknem Brod auslassen.

Herrmann. Wart's nur ab! — Zu Staub will ich ihn zerreiben!

Franz M. (klopst ihn auf die Achsel) Pfui, Herrmann! Du bist ein Kavalier! Den Schimpf

B

mußt du nicht auf dir ſitzen laſſen. — Faß dich! Komm näher! — Du ſollſt Amalien haben.

Herrmann. Das muß ich!

Franz M. Und ſollſt ſie haben. Hier meine ritterliche Hand drauf! — (leiſer, indem er ſich umſieht) wofern ein Baſtard dem andern eine ritterliche Hand bieten kann! — Tritt näher, Herrmann! — Weißt du nicht, daß Karl von Moor ſo gut, als enterbt, iſt?

Herrmann. Wie das?

Franz M. Durch dieſen deinen Brief, mein' ich ----- Sieh! Auf den Knieen bitt' ich dich: laß mich ſeiner brauchen, ſo wie ich will! und wir ſind gerächt! — ſind glücklich!

Herrmann. (weggewandt) Ah! Kommſt du daher? — (richtet ihn auf) Und weiter?

Franz M. O daß ich ſchon der ältere, — einzige Sohn wäre! Wie dich denn dieſer einzige Sohn aus dem Staub' empor heben wollte! (ihn umhalſend) Wie du dann mit Gold überzogen, und mit vier Pferden durch die Gaſſen dahin raſſeln ſollteſt! — Aber pfui, Herrmann! Pfui! (ſich ſchüchtern umſehend und leiſer) Mein Vater hat das Mark eines Löwen, und ich bin der jüngere Sohn.

Herrmann. Bei'm Himmel! Aus Rache wollt' ich, Ihr wärt der ältere Sohn, und Euer Vater hätte das Mark eines schwindsüchtigen Mädchens.

Franz M. Nun denn! Wenn dem so ist — las uns den Handel abschliessen! Amalia sei dein! — Drei der schönsten Ländereien meiner Grafschaft dein! Nur bitt' ich, sei verschwiegen und treu! Die Schande meiner Geburt sei ein ewiges Geheimniß! — Willst du's: so schlag ein! (Herrmann reicht ihm seine Hand halb widerwillig hin) Und wenn du aus dieser Rechte Amalien und die Verschreibung jener Besitzthümer erhältst, — dann erwart' ich aus der deinigen die Briefe meiner Mutter.

Herrmann. So sei es! (will nachdenkend fort)

Franz M. Wohin?

Herrmann. Fort! um diese Nebeldünste zu zerstreu'n. Fort, eh mein Gewissen - - - - (schnell abbrechend) Ich will ein wenig in's Gehölz hinaus. Wollt Ihr mit?

Franz M. Ich folge dir. Jetzt ruft mich ein wichtiger Geschäft. (hinter ihm her) Nimm dir, wenn du willst, mein bestes Geschoß und meinen

B 2

beſten Jagdklepper! (Herrmann ab. Franz M.
ſieht ihm eine Weile nach und bricht dann in ein ſpöttiſches
Gelächter aus) Dir eine Stallmagd; aber keine
Amalia! Dir hinterrücks einen Dolch durch's
Herz; aber nicht die Hälfte einer Grafſchaft! —
Geh, ſchwankender Thor, der du nicht gern Bö-
ſewicht ſeyn willſt! Bald wirſt du reif ſeyn! —
Ein ſtummer einſamer Grabhügel ſoll in kurzem
dich und dein Geheimnis bedecken! (ab)

Zweiter Auftritt.

Saal im Mooriſchen Schlos.

**Der alte Moor an einem Tiſch ſitzend.
Nach einer Weile tritt Franz Moor auf.**

Franz M. Guten Morgen, Vater! Wie be-
findet Ihr Euch?

Alte Moor. Recht wohl, mein Sohn. —
Komm hieher! Setz dich!

Franz M. Noch einmal! Iſt Euch auch wohl,
Vater? Ihr ſeht blaß aus.

Alte Moor. Ich befinde mich wohl, mein
Sohn. — Haſt du mir etwas zu ſagen?

Franz M. Die Poſt iſt angkommen. — Ein
Brief von unſerm Korreſpondenten aus Leipzig. —

Alte Moor. (begierig) Nachrichten von meinem Sohne Karl?

Franz M. Wenn Ihr krank seid, mein Vater, — nur die leiseste Ahndung habt, es zu werden: so laßt mich! — Ich will zu gelegnerer Zeit zu Euch reden.

Alte Moor. Gott! Gott! Was werd' ich hören!

Franz M. Laßt mich vorerst auf die Seite gehn, und eine Thräne des Mitleids vergießen, um meinen verlornen Bruder! — Ich sollte schweigen auf ewig: — denn er ist Euer Sohn. Ich sollte seine Schande verhüllen auf ewig: — denn er ist mein Bruder. Aber Euch zu gehorchen, ist meine erste Pflicht; — darum vergebt mir.

Alte Moor. O Karl! Karl! Wüßtest du, wie deine Aufführung das Vaterherz foltert! Wie eine einzige frohe Nachricht von dir meinem Leben zehn Jahre zusetzen würde! — — da mich nun jede — ach! — einen Schritt näher ans Grab rückt!

Franz M. Ist es das, alter Mann: so gehabt Euch wohl! Wir alle würden noch heut' uns die Haare ausraufen über Eurem Sarge.

Alte Moor. Bleib! Es ist ja nur noch um den klei-
nen kurzen Schritt zu thun: — las ihm seinen Willen.
(indem er sich niederseßt) Die Sünden seiner Väter
werden heimgesucht im dritten und vierten Glie-
de: — las ihn's vollenden!

Franz M. (nimmt den Brief aus der Tasche) Ihr
kennt unsern Korrespondenten.   Seht! den Finger meiner rechten Hand wollt' ich drum geben,
dürft' ich sagen: er ist ein Lügner! ein schwarzer
giftiger Lügner! — — Faßt Euch! Ihr vergebt
mir, wenn ich Euch den Brief nicht selbst lesen
lasse. — Noch dürft Ihr nicht alles hören.

Alte Moor. Alles! Alles! mein Sohn!   Du
ersparst mir die Krücke.

Franz M. (liest) „Leipzig, vom 1sten Mai —
(er scheint zuerst einige Zeilen vor sich zu lesen) „Dein
Bruder scheint nun das Maas seiner Schande gefüllt zu haben; ich wenigstens kenne nichts über
dem, was er würklich erreicht hat.   Gestern um
Mitternacht hatt' er den grossen Entschlus, nach
vier tausend Dukaten Schulden" — ein hübsches
Taschengeld, Vater! — „nachdem er zuvor eines
reichen Kaufmanns Tochter entehrt, und ihren
Bräutigam, einen braven Jungen, im Duell auf

den Tod verwundet, mit ſieben andern, die er mit in ſein lüderliches Leben verwickelt, dem Arm der Juſtiz zu entlaufen." — Vater! Um Gottes willen, Vater! wie wird Euch?

Alte Moor. Es iſt genug. Las ab, mein Sohn!

Franz M. Ich ſchone Eurer. — (als ob er wieder einige Zeilen überſchlüge) „Man hat ihm Steckbriefe nachgeſchickt; — die Beleidigten ſchrei'n laut um Genugthuung; — ein Preis iſt auf ſeinen Kopf geſetzt; — Der Name Moor" — — Nein! Meine arme Lippen ſollen nimmermehr einen Vater morden! (er zerreiſt den Brief) Glaubt's nicht, Vater! Glaubt ihm keine Silbe!

Alte Moor. (weint bitterlich) Mein Name! Mein ehrlicher Name!

Franz M. (geht auſſer ſich im Zimmer auf und ab) O daß er Moor's Namen nicht trüge! daß mein Herz nicht ſo warm für ihn ſchlüge! — Die gottloſe Liebe, die ich nicht vertilgen kann, wird mich noch einmal vor Gottes Richterſtuhl anklagen!

Alte Moor. O — meine Ausſichten! Meine goldnen Träume!

Franz M. Das weis ich wol. Das iſt es ja, was ich Euch ſo oft ſagte. Nun ſeht Ihr's ja,

Vater. Der feurige Geist, der in dem Buben lo-
derte, hat sich entwickelt, ausgebreitet, herrliche
Früchte getragen.

Alte Moor. Und auch du, mein Franz? Auch
du? O meine Kinder! — Wie sie nach meinem
Herzen zielen!

Franz M. Ihr seht, Vater! ich kann auch
witzig seyn. Und dann ⸗⸗ Freilich, der trockne
Altagsmensch, der kalte, hölzerne Franz, und wie
die Titelchen alle heissen mögen, die Euch ehe-
mals der Kontrast zwischen ihm und mir eingab —
der wird einmal zwischen seinen Grenzsteinen sterben und modern und vergessen werden, wenn der
Ruhm dieses Universalkopfs von einem Pole zum
andern fliegt. — (hervortretend) Ha! mit gefal-
tenen Händen dankt dir o Himmel! der kalte,
trockne, hölzerne Franz, daß er nicht ist, wie
dieser!

Alte Moor. Vergieb mir, mein Kind! Zürne
nicht auf einen Vater, der sich in seinen Planen
betrogen findet! — Der Gott, der mir durch Karln
Thränen zusendet, wird sie durch dich, mein
Franz, aus meinen Augen wischen.

Franz M. Ja, Vater! aus Euern Augen soll
er sie wischen. Euer Franz wird sein Leben dran
setzen, das Eurige zu verlängern. — Glaubt Ihr
mir das?

Alte Moor. Du hast nun grosse Pflichten auf
dir, mein Sohn. — Gott seegne dich für das,
was du mir warst, — und seyn wirst!

Franz M. Nun sagt mir einmal — wenn Ihr
jenen Sohn nicht den Eurigen nennen müstet,
wär't Ihr nicht ein glücklicher Mann?

Alte Moor. Stille! o stille! Da ihn die Weh-
mutter mir brachte, hub ich ihn gen Himmel und
rief: "Bin ich nicht ein glücklicher Mann:"

Franz M. Das sagtet Ihr. Habt Ihr's aber
auch gefunden?

Alte Moor. (weinend) O nein! nein! Er
hat mich zu einem achtzigjährigen Mann gemacht!

Franz M. Weh' Euch, armer Vater! Euer
Kummer wird wachsen mit Karln; — wird Euer
Leben untergraben. Wie wär's also, — wenn Ihr
Euch dieses Sohns entäussertet?

Alte Moor. (auffahrend) Franz! Franz! was
sagst du? — Wolltest du wol, daß ich meinem
Sohn' fluchte?

B 5

Franz M. Nicht doch! Nicht doch! Eurem Sohn sollt Ihr nicht fluchen. Was heißt Ihr "Euren Sohn?" — (näher zu ihm) Bedenkt, wenn Ihr ihn seinem Elend' auf einige Zeit Preis gäbet, würd' er nicht umkehren müssen und sich bessern? Oder er würd' auch vielleicht in der grossen Schule des Elends ein Schurke bleiben, — und dann ɔ ɔ ɔ Weh' dem Vater, der die Rathschlüsse einer höhern Weisheit durch Verzärtlung zernichtet! —

Alte Moor. (nach einer Pause) Nun denn! — So will ich ihm schreiben, daß ich meine Hand von ihm wende.

Franz M. Da thut Ihr recht wohl daran.

Alte Moor. Daß er nimmer vor meine Augen komme.

Franz M. Das wird eine heilsame Wirkung thun.

Alte Moor. (zärtlich) Bis er anders worden!

Franz M. Schon recht! Schon recht! — Aber wenn er nun kommt mit der Larve des Heuchlers, Euer Mitleid erweint, Eure Vergebung sich erschmeichelt, — und morgen wieder

hingeht und Eurer Schwachheit spottet? Nein,
Vater! schreibt ihm das nicht. Er wird freiwillig wiederkehren, sobald ihn sein Gewissen
frei gesprochen.

Alte Moor. Auch das, mein Sohn. — Ich
will ihm jetzt gleich auf der Stelle schreiben.
(will gehn)

Franz M. (ihn aufhaltend) Halt! Noch ein
Wort, Vater! Eure Entrüstung, fürcht' ich,
möcht' Euch zu harte Worte in die Feder werfen, die ihm das Herz spalten würden. Und
dann — glaubt Ihr nicht, daß er es dennoch für
Verzeihung nehmen würde, wenn Ihr ihn noch
eines eigenhändigen Schreibens werth hieltet. Darum wird's besser seyn, Ihr überlaßt
das Schreiben mir.

Alte Moor. Du hast Recht! Ach! es hätte
mir doch das Herz gebrochen! — Schreib' ihm ---

Franz M. (schnell) Dabei bleibts also?

Alte Moor. Schreib' ihm, daß ich tausend
blutige Thränen, tausend schlaflose Nächte ---
Aber bring' meinen Sohn nicht zur Verzweiflung!

Franz M. Wollt Ihr Euch nicht zu Bette le-
gen, Vater? Es grif' Euch hart an .—

Alte Moor. Schreib' ihm, daß die väterlich, Brust ‚ ‚ ‚ Ich sage dir, bring' meinen Sohn nicht zur Verzweiflung. (geht kummervoll ab).

Dritter Auftritt.
Franz M. allein.

(Begleitet ihn mit spöttischen Blicken) Tröste dich, Alter! — Du wirst ihn nimmer wieder an deine Brust drücken! Der Weg dazu ist ihm verrammelt, — wie der Himmel der Hölle!

Ich muß doch diese Papiere zusammen lesen. Wie leicht könnte jemand Herrmanns Handschrift kennen? (er liest die zerrissenen Briefstücke zusammen) — Da müßt ich wol ein erbärmlicher Stümper seyn, wenn ich's nicht einmal so weit gebracht hätte, einen Sohn vom Herzen des Vaters abzulösen, — und wär' er mit ehernen Banden daran geklammert. Glück zu, Franz! Weg ist das Schooskind. Schon ein Riesenschritt zum Ziele! — Aber auch ihr, auch ihr mus ich nun diesen Karl aus dem Herzen reissen, — und wenn auch ihr halbes Leben dran hängen bliebe.

(auf und abgehend mit grossen Schritten) Gewis, ich habe grosse Rechte, mit der Natur zu grollen, und bei meiner Ehre! ich will sie geltend machen. — Warum machte sie eben mich zum Bastard? Mord und Tod! warum mich? Warum muste sie mir diese Bürde von Häßlichkeit aufladen? Warum grade nur mir?

(tritt hervor) Höre mich, Stiefmutter Natur! Du verschworst dich gegen mich schon in der Stunde des Werdens; — wohlan, so verschwör' ich mich hier wieder gegen dich auf ewig! Deine schönsten Werke will ich zerstören, da ich sie nicht Bruder und Schwester nennen kann! Den Bund der Seelen will ich zerreissen, weil er mich ausschließt! — Du versagtest mir das süsse Spiel des Herzens, der Liebe überredendes Geschwäz: — so will ich denn meine Wünsche ertrozen mit herrischer Gewalt! will ausrotten um mich her, was mich einschränkt, daß ich nicht Herr bin! —

Vierter Auftritt.

Franz M. Amalia. (kömmt langsam durch die hintern Zimmer)

Franz M. Sie kömmt! — Ha! meine Arznei würkt bis zu ihr. Ich seh's an diesem Gang, an ihrer Mine. Schon weiß sie um alles. — Zwar, ich liebe sie nicht; — aber doch ⸗ ⸗ ⸗ (stutzt) Still! was ist das? (Amalia hat, ohne ihn bemerkt zu haben, einen Blumenstrauß zerrissen, und zertritt ihn. — Franz M. tritt näher, halb vor sich, hämisch) Was wol diese arme Rosen ausbaden müssen? ⸗ ⸗ ⸗

Amalia. (ihn erblickend) Du hier? Er⸗ wünscht! — So eben sah' ich auch deinen Vater; er weinte. — Ich fragt' ihn um die Ursach; — "Weint man nicht, wenn man sein liebstes Kind verstößt?" sprach er — und gieng.

Franz M. (verbissen, ärgerlich) Sein liebstes Kind!

Amalia. (ihn weiter verführend) Sieh' mich starr an! — Sprich! Ist dieser neue Bubenstreich nicht auch von dir? Ja! er ist! er ist!

Franz M. (entrüstet) Amalia!

Amalia. Ha! des liebevollen barmherzigen Vaters, der seinen Sohn der Verzweiflung Preis giebt! — Bei Gott! er verdient solche Söhne zu haben, wie du bist. Auf seinem Tod⸗ bette wird er umsonst die welken Hände ausstre⸗ cken nach seinem Karl, und schaudernd zurück⸗ fahren, wenn er die eiskalte Hand seines

Franzes faßt. — O es ist süß, köstlich süß, von deinem Vater verflucht zu werden!

Franz M. Du schwärmst, meine Liebe! Du bist zu bedauern!

Amalia. O ich bitte dich — Bedauerst du deinen Bruder? — Nein Unmensch, du hassest ihn! Du hassest mich doch auch?

Franz M. Ich liebe dich, wie mich selbst, Amalia!

Amalia. Wenn du mich liebst: — Kannst du mir wol eine Bitte abschlagen?

Franz M. Keine! keine! wenn sie nicht mehr als mein Leben ist.

Amalia. O wenn das ist! Eine Bitte, die du so leicht, so gern erfüllen wirst. — (stolz) Hasse mich! Ich müßte feuerroth werden vor Schaam, wenn ich an Karln denke, und mir eben einfiele, daß du mich nicht hassest. Du versprichst mir's doch? —

Franz M. (ergreift ihre Hand) Allerliebste Träumerin! Wie sehr bewund're ich dein sanftes liebevolles Herz! (sich schnell losreissend und als wolle er gehn) Las mich! Las mich!

Amalia. Wohin?

Franz M. Mich meinem Vater zu Füſſen zu werfen, ihn zu beſchwören, den ausgeſprochnen Fluch auf mich, auf mich zu laden; nur mich zu enterben! — mich!

Amalia. (fällt ihm ſchnell um den Hals) Bruder meines Karls! Beſter, liebſter Franz!

Franz M. O Amalia! wie lieb' ich dich dieſer unerſchütterlichen Treue willen gegen meinen Bruder! — Mit dieſen Thränen, dieſen Seufzern, dieſem himmliſchen Unwillen — auch für mich, für mich! ⸴ ⸴ (an ihrem Hals hängend) Fürwahr, unſre Seelen ſtimmten ſo zuſammen!

Amalia. (ſchüttelt den Kopf, und ſucht ſich aus ſeinen Armen zu winden) Nein, nein, bei jenem keuſchen Licht des Himmels! kein Aederchen von ihm! Kein Fünkchen von ſeinem Gefühl!

Franz M. (nachdem er ſie eine Weile ſtumm betrachtet) Es war ein heit'rer ſtiller Abend, der letzte, eh' er nach Leipzig abreiſ'te, da er mich mit ſich in jene Laube nahm. — Lange blieben wir ſtumm; — zuletzt ergrif' er meine Hand und ſprach leiſe und mit Thränen: "ich verlas Amalien, ich weis nicht ⸴ ⸴ mir ahndet's, als hies es auf ewig!— Verlas ſie nicht, Bruder! — Sei ihr Freund, ihr Karl, — wenn Karl — nimmer wiederkehrt." (er stürzt vor ihr nieder, und küsst ihr die Hand mit Heftigkeit) Nimmer, nimmer, nimmer wird er wiederkehren, und ich hab's ihm zugesagt, mit einem heiligen Eide!

Amalia. (zurückspringend) Verräther, wie ich dich ertappe! In eben dieser Laube beschwor er mich, keiner andern Liebe — wenn er auch sterben sollte ⫶ ⫶ ⫶ Ha! siehst du, wie gottlos, wie abscheulich du ⫶ ⫶ ⫶ Geh! Geh! Fort aus meinen Augen!

Franz M. Du kennst mich nicht, Amalia! Du kennst mich nicht!

Amalia. O ich kenne dich! Von jetzt an kenn' ich Dich! — Und du wolltest ihm gleich seyn? Vor dir sollt' er um mich geweint haben? Vor dir? Eh hätt er meinen Namen an den Pranger geschrieben! — Geh' diesen Augenblick!

Franz M. (wuthknirschend) Du beleidigst mich!

Amalia. Geh', sag' ich! Du hast mir eine kostbare Stunde gestohlen! — sie werde dir an deinem Leben abgezogen!

Franz M. Du hassest mich also!

C

Amalia. Nein! ich verachte dich. Hinweg mit dir!

Franz M. (mit den Füßen stampfend) Wart'! so sollst du vor mir zittern! — (zornig, indem er abgeht) Mich einem Bettler aufzuopfern? (ab)

Fünfter Auftritt.

Amalia allein.

Geh, Lotterbube! — Jetzt bin ich wieder bei Karln. — "Bettler," sagt' er? Nun, dann hat die Welt sich umgekehrt! Bettler sind Könige, und Könige sind Bettler! — Ich möchte die Lumpen, die er an hat, nicht mit dem Purpur der Gesalbten vertauschen. — O der Blick, mit dem er bettelt, das muß ein großer, königlicher Blick seyn! — ein Blick, der die Herrlichkeit, den Pomp, die Triumphe der Großen und Reichen zernichtet! — In den Staub mit dir, du prangendes Geschmeide! (sie reißt sich die Perlen vom Hals) Seid verdammt, Gold und Silber und Juwelen zu tragen, ihr Großen und Reichen! Seid verdammt, an üppigen Mahlen zu zechen! verdammt, euern Gliedern wohl zu thun auf Polstern der Wollust! —— Sieh, Karl! Karl! bin ich so dein werth? (ab)

Sechster Auftritt.

An den Grenzen von Sachsen. Gasthof.

Karl Moor. Hernach Aufwärter.

Karl M. (geht unmuthig auf und nieder. Vor ihm auf den Tisch liegt der Degen) Wo die Kerls auch wieder herumschlendern! Gewis haben sie einen Ritt gemacht. — Heda, Herr Wirth! Noch mehr Wein her! — — Es wird schon Abend, und noch keine Post da. (die Hand vor der Brust) Knabe! Knabe! wie dir's hier klopft! — Wein! Wein her! Ich brauch' heut' meinen Muth zwiefach; — sei's zur Freude oder zur Verzweiflung!

(Aufwärter bringt Wein, schenkt ein und geht ab)

Karl M. (er trinkt und setzt das Glas ungestüm nieder.) Ueber die verfluchte Ungleichheit in der Welt! — Das Geld verrostet in den Kisten ausgedörrter Pickelheringe, und Armuth legt Bley an die kühnsten Unternehmungen der Jugend.

Siebenter Auftritt.

Spiegelberg mit Briefen in der Hand.
Karl Moor. Nachher Aufwärter.

Spiegelberg. Peſt! Peſt! Ein Streich auf den
andern! Vermaladei't! Weiſſt du was neues,
Moor? — Man möchte raſend werden!

Karl M. Was denn wieder.

Spiegelberg. (wirft die Briefe auf den Tiſch)
Da lies! Lies ſelbſt! Niedergelegt iſt unſre Wirth-
ſchaft; Friede in Deutſchland! Der Teufel hol' alle
Pfaffen! — (ruft in die Scene) Wein her! Wein
her!

Karl M. (erſtaunend) Friede in Deutſchland?

Spiegelberg. O es iſt zum Aufhängen! — und
das Fauſtrecht abgeſchaft für immer! Alle Fehden
bei Todesſtrafe verbothen! (ruft wieder) Wein
her! (Aufwärter bringt Wein und Gläſer, worauf er
wieder abgeht) Mord und Tod! Las uns krepiren,
Moor! — Federn werden krizeln, wo ſonſt unſre
Schwerdter durchhau'ten.

Karl M. (wirft ſein Schwerd vom Tiſch) Nun!
So mögen denn Männer ihre Schwerdter zerbre-

chen, und Memmen und Schurken das Regiment
führen! — Friede in Deutschland? —
Geh, Moriz! Diese Zeitung hat dich auf ewig
gebrandmarkt! — Friede in Deutschland?
Ha! Fluch, — dreimal Fluch über den Frieden,
der zum Schneckengang verdirbt, was Adlerflug
geworden wäre!

Spiegelberg. (schenkt ein und trinkt) Komm
hieher, Moor! Trink!

Karl M. Weh' über Deutschland! Seine
Stunde ist kommen! Es soll herunter! — Kein
freier Aderschlag in Barbarossa's Enkel mehr
übrig! — Auch ich will's Fechten verlernen in
meinen väterlichen Hainen.

Spiegelberg. Wie zum Teufel! du willst zurückkehren und den verlor'nen Sohn spielen? —
Pfui! Schäm' dich! Das Unglück muß einen
grossen Mann nicht zur Memme machen.

Karl M. Ich will ihn spielen, Moriz; —
den verlor'nen Sohn, ohne mich zu schämen.
Nenn' es immerhin Schwäche, daß ich meinen Vater ehre. — Es ist die Schwäche eines Menschen; und wer die nicht hat, muß entweder

ein Gott oder — ein Vieh seyn. Las mich lieber so mitten inne bleiben!

Spiegelberg. Geh, geh! Du bist nicht mehr Moor. — Willst du deine Gaben in dir verwittern lassen? dein Pfund vergraben? Meinst du, deine Stänkerei'n in Leipzig machen die Grenzen des menschlichen Witzes aus? Da las uns erst in die grosse Welt kommen. Paris und London! — wo man Ohrfeigen einhandelt, wenn man einen mit dem Namen eines ehrlichen Mannes grüsst. Kurz und gut, Moor! Man sollte den Schuft an den besten Galgen knüpfen, der bei graden Fingern verhungern will.

Karl M. (zerstreut) Wie? Hast du es so weit gebracht?

Spiegelberg. Las mich erst warm werden, und du sollst Wunder sehn. — (steht auf, erhitzt,) Aut Caesar, aut nihil! Ihr alle sollt noch einst das Gnadenbrod von mir haben!

Karl M. Du bist ein Narr. Der Wein bramarbasirt aus deinem Gehirne.

Spiegelberg. (noch erhitzter) "Spiegelberg! wird es dann heissen. Kannst du hexen, Spiegelberg?" Und "Spiegelberg" wird man rufen

in Often — und "Spiegelberg" in Weſten; —
und dann in den Koth mit Euch, Ihr Memmen!
Ihr Kröten! indeß Spiegelberg mit ausgeſpreizten
Flügeln zum Tempel des Nachruhms empor ſteigt!

Karl M. Glück auf den Weg! Steig' du auf
Schandſäulen zum Gipfel des Ruhms! Im Schat=
ten meiner väterlichen Haine, in den Armen mei=
ner Amalia lockt mich ein edler Vergnügen.
Schon die vorige Woche hab' ich meinem Vater
um Vergebung geſchrieben, hab' ihm nicht den
kleinſten Umſtand verſchwiegen! und wo Auf=
richtigkeit iſt, da iſt auch Mitleid und Hülfe. —
Las uns Abſchied nehmen, Moriz! Wir ſeh'n uns
heut', und nie mehr. Die Poſt iſt angelangt.
Die Verzeihung meines Vaters iſt ſchon innerhalb
dieſer Stadtmauern.

Achter Auftritt.

Schweizer. Grimm. Roller. Schufterle treten auf. Vorige.

Roller. Wiſſt Ihr auch, daß man uns aus=
kundſchaftet?

Grimm. Daß wir keinen Augenblick ſicher ſind,
aufgehoben zu werden?

C 4

Karl M. Mich wundert's nicht. Es geht, wie es mus. — Saht Ihr den Ratzmann nicht? Sagt' er Euch von keinem Brief, den er an mich hätte?

Roller. Schon lange sucht er dich. Ich vermuthe so etwas.

Karl M. Wo ist er? Wo? Wo? (will eilig fort)

Roller. Bleib! Wir haben ihn hieher beschieden. — Du zitterst?

Karl M. Ich zittre nicht. Warum sollt' ich auch zittern, Kameraden? Dieser Brief — — Freu't Euch mit mir! Ich bin der Glücklichste unter der Sonne. Warum sollt' ich zittern?

Schweizer. (setzt sich an Spiegelbergs Plaz und trinkt seinen Wein aus)

Neunter Auftritt.

Ratzmann. Karl Moor. Vorige.

Karl Moor. (erblickt Ratzmann und fliegt ihm entgegen) Bruder, Bruder, den Brief! den Brief!

Ratzmann. (giebt ihm den Brief)

Karl Moor. (bekst ihn haftig auf, liest und verwandelt sich)

Razmann. Was ist dir? Wirst du nicht, wie die Wand?

Karl Moor. (sinnt, ehe er weiter liest, bedenklich nach) Meines Bruders Hand!

Roller. Was treibt denn der Spiegelberg?

Grimm. Der Kerl ist unsinnig. Er macht Gestüs wie bei'm Sankt Veitstanz.

Schufterle. Sein Verstand geht im Ring' herum. Ich glaub, er macht Verse.

Razmann. Spiegelberg! He, Spiegelberg!— Die Bestie hört nicht.

Grimm. (schüttelt Spiegelbergen) Kerl! träumst du, oder ? ? ? ?

Spiegelberg. (der sich die ganze Zeit über hinten im Zimmer mit der Pantomime eines Projectmachers abgearbeitet, springt wild auf und packt Schweizern an die Gurgel) La bourse, ou la vie!

Schweizer. (wirft Spiegelbergen gelassen an die Wand.)

Karl Moor. (hat gelesen, läßt den Brief fallen, und rennt hinaus)

Roller. (sucht ihn zurück zu halten) Moor!
Wo hinaus? Was beginnst du?

Grimm. Was hat er? Was hat er? Er ist
bleich, wie eine Leiche.

Karl Moor. (auffer sich) Verloren! Verloren! (stösst sie zurück, und rennt hinaus)

Zehnter Auftritt.

Spiegelberg. Schweizer. Grimm. Roller. Schufterle. Razmann. Nachher einige Aufwärter.

Schweizer. Das müssen schöne Neuigkeiten
sein. Lasst doch sehn!

Roller. (nimmt den Brief von der Erde, und liest:)
"Unglücklicher Bruder"! Der Anfang klingt
lustig. "Nur kürzlich mus ich dir melden, daß
"deine Hofnung vereitelt ist. — Du sollst hin-
"gehn, läßt dir der Vater sagen, wohin dich dei-
"ne Schandthaten führen. Auch sagt er, werdest
"du dir keine Hofnung machen, jemals Gnade zu
"seinen Füssen zu erwimmern, wenn du nicht ge-
"wärtig sein wollest, im untersten Gewölbe seiner
"Thürme mit Wasser und Brod so lange traktirt

"zu werden, bis deine Haare wachsen, wie Ad=
"lersfedern, und deine Nägel wie Vogelklauen
"werden. Das sind seine eigene Worte. Er be=
"fiehlt mir den Brief zu schliessen. Leb' wohl auf
"ewig! Ich bedaure dich. —

Franz von Moor"

Schweizer. Ein zuckersüsses Brüderchen! In
der That! — Franz heisst die Kanaille?

Spiegelberg. (sachte herbei schleichend) Von
Wasser und Brod ist die Rede? Ein schönes Leben!
Da hab' ich anders für Euch gesorgt! Sagt' ich's
nicht, ich müsst' am Ende für Euch alle denken?

Schweizer. Was sagt der Schaafskopf? Der
Esel will für uns alle denken?

Spiegelberg. Kurz und gut! Ein Wort statt
tausend! Habt Ihr Muth, Kinder? Muth?
— Denn seht nur, was den Witz betrift, den
nehm' ich ganz über mich. Muth, sag' ich,
Schweizer! Muth, Roller, Grimm, Ratzmann,
Schufterle! Muth! —

Schweizer. Muth? Wenn's nur das ist? —
Muth hab' ich genug, um barfus mitten durch
die Hölle zu gehn.

Roller. Muth genüg, mich unterm lichten Galgen mit dem leibhaftigen Teufel um einen armen Sünder zu balgen.

Spiegelberg. So gefällt mir's! Wolan! Wenn Ihr Muth habt, so tret' einer auf und sag', er habe noch etwas zu verlieren und nicht alles zu gewinnen. (es erfolgt eine grosse Pause) Keine Antwort?

Roller. Genug! Was bedarf's des langen Geplauders? Wenn's ein Gescheidter begreifen und ein Mann ausführen kann ::: Heraus mit der Sprache!

Spiegelberg. Also denn! (er stellt sich mitten unter sie, mit beschwörendem Ton) Wenn noch ein Tropfen deutschen Heldenbluts in Euren Adern rinnt' — kommt! Wir wollen uns in den böhmischen Wäldern niederlassen, dort eine Räuberbande zusammenziehn und ::: Was gaft Ihr mich an? — Ist Euer bischen Muth schon verdampft?

Roller. Du bist wol nicht der erste Gauner, der über den hohen Galgen weggesehn hat? —

Spiegelberg. Und doch ::: hättet Ihr wol sonst eine Wahl übrig? Wollt Ihr im Schuldthurm stecken und zusammenschmurren, bis man

zum jüngsten Tag posaunt? Wollt Ihr Euch mit
der Schaufel und Haue um einen Bissen Brod ab-
quälen? Wollt Ihr an der Leute Fenster mit einem
Bänkelsängerlied ein mageres Almosen erpressen?
Oder wollt Ihr zum Kalbfell schwören, und bei
klingendem Spiel nach dem Takt der Trommel
spazieren? — Seht, das habt Ihr zu wählen!
Da ist es beisammen, was Ihr wählen könnt!

Roller. Du bist ein Meisterredner, Spiegelberg, wenn's drauf ankommt, aus einem ehrlichen Mann einen Hallunken zu machen. — Aber
sag' doch einer, wo der Moor bleibt? —

Spiegelberg. "Ehrlich", sagst du? — Was
heißt du ehrlich? Reichen Filzen ein Drittheil
ihrer Sorgen vom Hals schaffen; das stockende
Geld in Umlauf bringen; das Gleichgewicht der
Güter wieder herstellen(mit einem Wort, das
gold'ne Zeitalter wieder zurückrufen, und dem
lieben Gott Krieg, Pestilenz, theure Zeit und
Doktors ersparen — Siehst du, das heiß ich
ehrlich seyn! Und dann — Alles wohl überlegt!
was find'st du denn nun eben so schreckliches dabei?

Razmann. Meisterlich, Spiegelberg! Meisterlich! Du hast, wie ein and'rer Orpheus, die

heulende Bestie, mein Gewissen, in den Schlaf ge=
sungen. Nimm mich ganz, wie ich da bin.

Grimm. (noch einige Augenblicke in Gedanken)
Frisch, Bruder, Moritz! So lautet auch Grimms
Katechismus. (reicht ihm die Hand)

Schufterle. Blitz! So eben ist Auktion in
meinem Kopf. Schriftsteller — Quacksalber —
Lotterie — Goldmacher und Gauner durchein=
ander. Top! Wer am meisten bietet, der hat
mich. — Da hier! Nimm die Hand, Vetter!

Schweizer. (kommt langsam näher, und reicht
Spiegelberg die Hand) Moritz, du bist ein grösser
Mann! — oder besser: es hat ein blindes Schwein
eine Eichel gefunden.

Roller. (nach einigem Nachdenken, mit einem langen
Blick auf Schweizern) Und auch du, Freund?
(streckt ihm die rechte Hand hin, mit Wärme) Roller
mit Schweizer — und gieng's auch in die
Hölle!

Spiegelberg. (fwb auffspringend) Den Ster=
nen zu, Kameraden! (zur Scene hinaus) Weiß
her!

Aufwärter. (bringen mehr Wein und Gläser; ab.)

Spiegelberg. Freie Paſſage zu Cäſar und Katilina! — Friſch! Stürzt die Gläſer!

(ſie ſchenken ein)

Es lebe unſer Schußpatron, Gott Merkur!

Alle. (ſtürzen die Gläſer) Er lebe!

Spiegelberg. Und nun brecht auf! An's
Werk! — Heut' übers Jahr mus jeder von uns
eine Grafſchaft überbieten können!

Schweizer. (in den Bart) Wenn er nicht auf
dem Rade liegt.

(ſie wollen gehn)

Roller. Sachte, Kinder, ſachte! Wohin?
Das Thier mus auch ſeinen Kopf haben. Ohne Oberhaupt, gieng Rom und Sparta zu Grunde.

Spiegelberg. (geſchmeidig) Ja, haltet!
Roller ſagt recht! — und das mus ein verſchmiz-
ter und erleuchteter Kopf ſein. Verſteht Ihr? —
Ha! (mit verſchränkten Armen , mitten unter ſie hin-
tretend) Wenn ich Euch darum betrachte, was
Ihr vor wenig Augenblicken wart, was Ihr ießt
ſeid; — durch e i n en glücklichen Gedanken ſeid; —
Ja freilich, freilich müſſt Ihr einen C h e f haben. —

Roller. Wenn ſich's nur hoffen lieſſe, — träumen
lieſſe. — Aber ich verzweifle an ſeiner Einwilligung.

Spiegelberg. (schmeichelhaft und mit bedeutendem Lächeln) Und warum verzweifeln, Brüderchen? — So schwer es auch ist, das kämpfende Schiff gegen Sturm und Wellen zu lenken; so schwer sie auch drückt, die Last der Kronen; — sag's keck heraus, Kind. Vielleicht läßt er sich doch noch erweichen.

Roller. Und Büberei ist das Ganze, wenn er nicht an der Spitze steht. Ohne den Moor, sind wir Leib ohne Seele!

Spiegelberg. (unwillig von ihm weg) Stockfisch!

Eilfter Auftritt.

Karl Moor tritt herein in wilder Bewegung, und läuft heftig im Zimmer auf und nieder; mit sich selber. Vorige.

Karl M. Menschen! Menschen! Falsche, heuchlerische Krokodillbrut! — Ihre Augen sind Wasser! Ihre Herzen sind Erz! Küsse auf den Lippen! Schwerdter im Busen! — — Und Er, - Er! — Ist das Vatertreue? Ist das Liebe für Liebe? O ich möcht' ein Bär sein, und die Bären des Nordlands gegen dies mörd'rische Geschlecht anhetzen.

Roller.

Roller. Höre Moor! Was denkst du davon? Ein Räuberleben ist doch auch besser, als bei Wasser und Brod im untersten Gewölbe der Thürme?

Karl Moor. Warum ist dieser Geist nicht in einen Tieger gefahren, der sein wüthendes Gebis in Menschenfleisch haut? Reue — und keine Gnade! — O ich möchte den Ocean vergiften, daß sie den Tod aus allen Quellen saufen! — Vertraun, unüberwindliche Zuversicht, — und kein Erbarmen!

Roller. So hör' doch, Moor, was ich dir sage!

Karl Moor. Es ist unglaublich! Es ist ein Traum. — So eine rührende Bitte! So eine lebendige Schilderung des Elends und der zerfliessenden Reue! — Die wildeste Bestie wär' in Mitleid zerschmolzen! und er — er — —

Grimm. Höre doch! Höre! Vor Rasen hörst du ja nicht.

Karl Moor. Weg! Weg von mir! Ist dein Name nicht Mensch? Hat dich das Weib nicht geboren — (ihn würdig von sich stossend) Aus meinen Augen, du mit dem Menschengesicht!

D

Schweizer. (herzutretend) Moor! Moor!

Karl Moor. (weint bitterlich) Ich hab' ihn so unaussprechlich geliebt! So liebte kein Sohn! Ich hätte tausend Leben für ihn ، ، ، (schäumend auf die Erde stampfend, und voll Wuth) Ha! wer mir jetzt ein Schwerd in die Hand gäbe, dieser Otter٫ brut eine brennende Wunde zu versetzen! Er sollte mein Freund, mein Engel — mein Gott seyn! Ich wollt' ihn anbeten!

Roller. Eben diese Freunde wollen wir ja seyn. Laß dich doch weisen!

Grimm. Komm mit uns in die böhmischen Wälder, wir wollen eine Räuberbande sammeln; und du ، ، ،

Karl Moor. (stiert Grimmen an.)

Schweizer. Du sollst unser Hauptmann seyn! Du mußt unser Hauptmann seyn!

Spiegelberg. (wirft sich wild in einen Sessel; beiseite.) Sklaven und Memmen!

Karl Moor. (zu Rollern) Wer blies dir das Wort ein? Höre, Kerl! (indem er ihn hart ergreift) Das hast du nicht aus deiner Menschenseele hervorgeholt! Wer blies dir das Wort ein?— Ja, bei dem tausendarmigten Tod! Das wollen

wir! Das müſſen wir! Der Gedanke verdient
Vergötterung! — "Räuber und Mörder!' —
So wahr meine Seele lebt, ich bin Euer Haupt-
mann!

Alle. (mit lärmenden Geſchrei) Es lebe der
Hauptmann!

Spiegelberg. (aufſpringend) Bis ich ihm hin-
helfe!

Karl Moor. Siehe, da fällt mir der Staar
von meinen Augen! Was für ein Thor ich war,
daß ich ins Käſicht zurück wollte! Ha — mein
Geiſt dürſtet nach Thaten, mein Athem nach Freiheit. — "Mörder und Räuber!" — Mit dieſem Wort war das Geſetz unter meine Füſſe ge-
rollt. Von nun an hab' ich keinen Vater, keine
Liebe mehr! Blut und Tod ſoll mich vergeſſen
lehren, daß mir jemals etwas theuer war! Kommt,
kommt! Ich will mir eine fürchterliche Zer-
ſtreuung machen. — Es bleibt dabei, ich bin
euer Hauptmann! Und Glück zu! dem Meiſter
unter Euch, der am wildeſten ſengt, am gräslichſten
mordet; denn ich ſage Euch, er ſoll königlich belohnt werden. — Tretet her um mich ein -

jeder, und schwört mir Treue und Gehorsam zu, bis in den Tod!

Alle. (geben ihm die Hand) Bis in den Tod!

Spiegelberg. (geht wüthend auf und nieder.)

Karl Moor. Und bei dieser männlichen Rechte, schwör' ich Euch hier, treu und standhaft Euer Hauptmann zu bleiben, bis in den Tod! Den soll dieser Arm zur Leiche machen, der jemals zagt oder zweifelt, oder zurücktritt! Ein gleiches widerfahre auch mir von jedem unter Euch, wenn ich meinen Schwur jemals verletze! Seid ihr's zufrieden?

Alle. (mit aufgeworf'nen Hüten) Wir sind's zufrieden!

Spiegelberg. (lacht ergrimmt in die Faust.)

Karl Moor. Nun denn, so lafft uns gehn! Fürchtet Euch nicht vor Tod und Gefahr; denn über uns waltet ein unbeugsames Fatum! Jeden ereilt endlich sein Tag; es sei auf dem weichen Küssen von Pflaum, oder im rauhen Gewühl des Gefechts, — oder auf ofnem Galgen und Rad! Ein's davon ist unser Schicksal!

(sie gehn alle durcheinander ab)

Spiegelberg. (ihnen nachsehend, nach einer Pause)
Dein Register, Moor! hat ein Loch. Du hast
Gift und Verrätherei weggelassen.

(ab)

Zweiter Akt.
Erster Auftritt.

Franz von Moor nachdenkend in seinem
Zimmer.

Der Arzt macht mir so lange. Das Leben eines
Alten ist doch eine Ewigkeit. Müssen denn aber
meine hochfliegenden Plane den Schneckengang
der Lebenskraft halten? — Wer es verstünde,
dem Tode einen neuen Weg in das Schlos des
Lebens zu bahnen! den Körper vom Geist aus
zu verderben! Ha! ein Originalwerk! Ein zweiter Columbus in das Reich des Todes! — Sinne
nach, Bastard Moor! die Kunst wäre würdig,
dich zum Erfinder zu haben! Wohlan denn!
Wie man da wol würde zu Werk gehn müssen? —
Welche Gattung von Empfindungen wol die Lebenskraft am grimmigsten anfeinden? — Zorn? —

D 3

Dieser heishungrige Wolf überfrißt sich so gern. —
Gram? — Dieser Wurm schleicht mir zu langsam. — Furcht? — Die Hofnung läßt sie nicht
umgreifen. — Was? und das wären sie all' die
Henker des Menschen? Ist das Arsenal des Todes
sobald erschöpft? (in Nachdenken verloren) Wie? —
Nun, was? — Ha! (auffahrend) Schreck! —
Was kann der Schreck nicht? — Was kann
Vernunft, Hofnung, Religion wider dieses Gi-
ganten eiskalte Umarmung? — Und doch? doch?
Wenn er auch diesem Sturm stünde? — Nun
denn! so komm' du mir zu Hülfe, Jammer!
und du Reue! höllische Furie! grabende Schlange! die ihren Fras wiederkäu't! und du, heulende Selbstverklagung! die du dein eigenes
Haus verwüstest, und deine eigene Mutter ver-
wundest! — So fall ich, Streich auf Streich,
Sturm auf Sturm, dies zerbrechliche Leben an,
bis den Furientrupp zuletzt schließt: — Verzweiflung! (voll wilder Freude und entschlossen,
will hinaus. Herrmann begegnet ihm.) Triumph!
Triumph! Der Plan ist fertig!

Zweiter Auftritt.

Herrmann. Franz.

Franz M. Ha! Deus ex machina! Herrmann!

Herrmann. Wie steht's? Habt ihr meiner bei Amalien gedacht?

Franz M. Mehr als einmal. Aber obwohl ich dein Freund bin, (ihn bei der Hand faſſend) — mehr als ein Gott müſſt' ich ſein, dieſen Abgott Karl vom Altar ihres Herzens zu verſtoſſen. Sei ruhig! ich bitte dich. Du wirſt noch ſchlimmere Nachrichten hören.

Herrmann. (haſtig) Welche? welche?

Franz M. Du weiſſt, es ſind kaum zwei Mon, den, ſeit Karl von ſeinem Vater ſo gut als ent, erbt — verbannt ward. Aber ſchon bereu't der Alte den voreiligen Schritt, den er doch (ſpöttiſch lachend) wie ich hoffen will, nicht ſelbſt gethan hat. Auch liegt ihm die Edelreich täglich hart an mit Vorwürfen und Klagen. Was gilts? über kurz oder lang wird er ihn aufſuchen laſſen, in al, len vier Ecken der Welt — und dann gute Nacht, Herrmann und Franz! wenn er ihn findet! — Du kannſt ihm ganz demüthig die Kutſchenthüre hal,

ten, wenn er mit deiner Braut in die Kirche zur
Trauung fährt.

Herrmanan. (aufgebracht) Sieh! eh' könnt' ich
ihn am Hochaltar erwürgen?

Franz M. Der Vater wird ihm nun bald die
Herrschaft abtreten, um in Ruhe auf seinen Schlöſ-
ſern zu leben. Alsdenn hat der ſtolze Strudelkopf
den Zügel in Händen, und lacht ſeiner Haſſer und
Neider; — und ich, der ich dich zu einem wich-
tigen groſſen Mann machen wollte, ich ſelbſt,
Herrmann, werde tief gebückt vor ſeiner Thür-
ſchwelle —

Herrmann. Nein! So wahr ich Herrmann
heiſſe, das ſollt Ihr nicht!

Franz M. Wirſt du es hindern? Auch dich,
mein lieber Herrmann, wird er ſeine Geiſſel füh-
len laſſen. — Sieh', Freund! So ſteht's mit deiner Anwerbung um's Fräulein! So ſteht's mit deinen Ausſichten! mit deinen Entwürfen!

Herrmann. (der mit groſſen Schritten auf und ab
geht, nach einer Pauſe) Sagt mir, was ſoll ich thun?

Franz M. Höre! Damit du ſiehſt, wie ich mir
dein Schickſal zu Herzen nehme, als ein redlicher
Freund; — geh, kleide dich um, und mach' dich

ganz unkenntlich. Es wird dir um so leichter, da
dich die Edelreich nur einmal, und mein Vater
noch nie gesehn hat. Alsdenn laß dich beim Alten
melden. Gieb vor, du kämst graden Wegs aus
Böhmen, hättest mit meinem Bruder dem letzten
Treffen beigewohnt, — hättest ihn auf der Wähl-
statt den Geist aufgeben sehn. —

Herrmann. Und gesetzt, daß ich auch diesen
neuen Streich bestände, würde man mir glauben?

Franz M. Hoho! dafür laß mich sorgen!
Nimm dies Paquet. Hier findest du deine Kom-
mission ganz ausführlich; und Dokumente dazu,
die den Zweifel selbst glaublich machen sollen. —
Jetzt eile nur, daß du ungesehn in den Garten kömst:
Gleich im vordersten Lusthause findest du die nöthi-
gen Kleider. Lauf! Säume nicht. — Die Kata-
strophe dieser Tragi-Komödie überlaß mir!

Herrmann. Und die wird ohnfehlbar seyn: —
Vivat, der neue Herr, Franziskus von
Moor!

Franz M. Wie schlau du bist! — Denn siehst
du, auf die Art erreichen wir alle Zwecke zumal
und bald. Amalia giebt ihre Hofnungen auf ihn
auf. Der Alte mißt sich den Tod seines Sohnes

D 5

bei; — und ein schon schwankendes Gebäude braucht
des Erdbebens nicht, um über'n Haufen zu fallen.—
Kurz — alles geht nach Wunsch, und m o r g e n
vielleicht schon — m o r g e n. ... Gedenk' unsers
Abkommens, Herrmann!.

Herrmann. Wie sagtet Ihr? "Morgen
schon"? — Nun, Franz! Ich g e d e n k e unsers
Abkommens, und schlag' ein. Auch noch dies Bu-
benstück, — und dann kein's mehr! "Morgen
schon", sagtet Ihr?

Franz M. Nun ja doch! Aber jetzt eile! —
Sieh v o r dir! Die Erndte reift.

Herrmann. Sie soll u n s e r seyn! Laßt mich
nur machen! (eilends ab)

Franz M. (ihm nachrufend) Noch einmal!
Säume ja nicht! Was du thust, das thust
du dir! —

(Indem er ihm mit den Augen folgt, und dann in ein
weinerliches Lachen ausbricht) Ganz Eifer! Ganz
Wille! Ha, wie bereitwillig der übertölpelte Thor
sich nun auch über die beiden letzten Linien des
braven Mannes hinweg schwingen wird. — —
(ärgerlich) Nein, das ist unverzeihlich! Dieser hier,
selbst ein Schurke — traut dem ehrlichen Gesicht

eines andern. Sorglos geht er hin, einen redli-
chen Mann zu betrügen, und wird es in Ewigkeit
nicht verzeihn, daß man ihn hat betriegen können.
Das, das der gepriesene Unterkönig der Schöpfung? Nun dann, so vergieb mir, stiefmütterliche
Natur! wenn ich je mit dir um sein Ebenbild
zankte, und hilf mir auch gütigst noch von dem
wenigen Ueberrest. (eilends ab)

Dritter Auftritt.
Des alten Moors Zimmer.
Der alte Moor. Amalia.

Alte Moor. (im Stuhl schlafend)

Amalia. (die auf den Zehen herbeischleicht) Leise
— leise — er schlummert! (indem sie sich vor den
Schlafenden hinstellt) Wie lieb! wie ehrwürdig!
Ehrwürdig, wie man die Heiligen mahlt! —
Nein, mit dir kann ich nicht zürnen! Schlummre
sanft, im Rosenduft. (indem sie Rosen um ihn be-
streut) Im Rosenduft erscheine Karl deinen Träumen; — im Rosenduft sollst du erwachen! (sie will
sich entfernen)

Alte Moor. (träumend mit matter Stimme)
Mein Karl! — Mein Karl!

Amalia. (kömmt langsam zurück) Horch! Sein Engel hat die Bitte erhört! — (nahe zu ihm tretend) Süs zu athmen ist die Luft, mit der Karls Name sich mischt. Ich will hier bleiben.

Alte Moor. (immer noch im Traum) Bist du's? Bist du's wirklich? — (indem er sich unruhig bewegt) Ach! Sieh' mich nicht an mit diesem Jammerblick! Ich bin elend genug!

Amalia. (weckt ihn) Steht auf, Oheim! — Beruhigt Euch! Es war nur ein Traum!

Alte Moor. (ermuntert sich) Wo bin ich? Du hier, meine Nichte?

Amalia. Ihr schlieft eben keinen erquickenden Schlummer.

Alte Moor. Mir träumte von meinem Karl. Warum hab' ich nicht fortgeträumt? — Vielleicht hätt' ich Verzeihung erhalten aus seinem Munde.

Amalia. Engel grollen nicht. Er verzeiht Euch. (sanft seine Hand drückend) Vater meines Karls! Auch ich verzeih' Euch.

Ate Moor. Nein, meine Tochter! Die Todtenfarbe deiner Wangen zeugt gegen dein Herz. War ich's nicht, armes Mädchen! der dir die

Freuden deiner Jugend zerstörte! O vergieb mir,
und fluche mir nicht!

Amalia. (küßt seine Hand mit Zärtlichkeit) Euch?
— Die Liebe hat nur einen Fluch gelernt.
Diesen, mein Vater. (sie küßt ihm die Stirn)

Vierter Auftritt.
Die Vorigen. Daniel.

Daniel. Es wartet draussen ein Mann. Er
bittet, vorgelassen zu werden. Er habe, sagt er,
eine wichtige Zeitung an Euch.

Alte Moor. (indem er mühsam aufsteht) Setz'
meinen Stuhl dorthin. (Daniel trägt seinen Stuhl
weiter vor)

Alte Moor. (sich setzend) Mir ist auf der
Welt nur etwas wichtig; du weißt's Amalia —
(zu Daniel) Ist's vielleicht ein Unglücklicher, der
meiner Hülfe bedarf? er soll nicht mit Seufzen
von hinnen gehn.   (Daniel ab.)

Amalia. (ihm nachrufend) Ist's ein Bettler?
Er soll eilig herauf kommen.

Alte Moor. (flehentlich) Amalia! Amalia!
Schone meiner!

———————

Fünfter Auftritt.

Franz v. Moor. Herrmann, verkappt. Die Vorigen.

Franz M. Hier ist ein Mann. Schreckliche Botschaften, sagt er, warten auf Euch. Könnt Ihr sie hören?

Alte Moor. Ich kenne nur eine. Tritt her, mein Freund, und schone meiner nicht! —

Herrmann. (mit veränderter Stimme) Gnädiger Herr! Laßt es einem armen Manne nicht entgelten, wenn er wider Willen Euer Herz durchbort. Ich bin ein Fremdling in diesem Lande, aber Euch kenn' ich sehr gut, Ihr seid der Vater Karls von Moor.

Alte Moor. Woher weißt du das?

Herrmann. Ich kannte Euren Sohn —

Amalia. (auffahrend) Er lebt? lebt? Du kennst ihn? Wo ist er? wo, wo? (will hinwegrennen)

Alte Moor. Du weißt von meinem Sohn?

Herrmann. Er studirte auf der hohen Schule in Leipzig. Von da zog er, ich weis nicht wie weit, herum. Er durchschwärmte ganz Deutschland in die Runde, und wie er mir sagte, mit un-

bedecktem Haupt, barfus, und erbettelte sein Brod
vor den Thüren. Fünf Monat brauf brach der leidige Krieg zwischen Pohlen und den Türken wieder aus, und da er auf der Welt nichts mehr zu
hoffen hatte, zog ihn der Hall von Matthias von
Ungarn siegreicher Trommel nach Pest. "Erlaubt
mir, sagt' er zum König, daß ich den Tod sterbe
auf dem Bette der Helden! Ich habe keinen Vater mehr!" —

Alte Moor. Sieh' mich nicht an, Amalia!

Herrmann. Man gab ihm eine Fahne. Er
flog Matthias Siegesflug mit. Wir kamen zusammen unter einem Zelt zu liegen. Er sprach viel
von seinem alten Vater, und von bessern vergangenen Tagen — und von vereitelten Hofnungen.
Uns standen die Thränen in den Augen.

Alte Moor. (verhüllt sein Haupt in's Küssen)

Herrmann. Acht Tage brauf war ein heisses
Treffen. Ich darf Euch sagen, Euer Sohn hat
sich gehalten, wie ein wack'rer Kriegsmann. Er
that Wunder vor den Augen der ganzen Armee.
Fünf Regimenter mußten neben ihm wechseln; er
stand. Feuerkugeln fielen rechts und links; Euer
Sohn stand. Eine Kugel zerschmetterte ihm die

die rechte Hand; Euer Sohn nahm die Fahne in die linke, und stand. —

Amalia. (in Entzückung) Und stand, Vater! und stand!

Herrmann. Ich traf ihn gegen das Ende der Schlacht niedergesunken und mit Wunden bedeckt. Mit der linken Hand hielt' er das strömende Blut; die rechte hatt' er in die Erde gegraben. "Bruder! rief er mir entgegen, es lief ein Gemurmel durch die Glieder: der Feind sei im Weichen." — Er ist's! versetzt' ich, und bald sind wir Sieger! — "Nun denn!" sprach er, und lies die linke Hand los! "So sterb' ich gern." — Bald darauf sank er zurück und blies seine grosse Seele aus.

Amalia. (sinkt zu den Füssen des Alten M. in Ohnmacht.)

Franz M. (der mit unterdrückter Schadenfreude seinen Vater betrachtet hat, nun aber wild auf Herrmann losgeht) Daß der Tod deine verfluchte Zunge versiegle! Bist du hieher gekommen, unserm Vater den Todesstos zu geben? — Vater! Amalia! Vater!

Herrmann. Es war der letzte Wille meines sterbenden Kameraden. "Nimm dies Schwerd, röchelte er. Du wirst's meinem alten Vater überliefern. Sag' ihm, er sei gerochen! Er möge sich weiden! Sag' ihm,

ihm, sein Fluch habe mich gejagt in den Tod.
„Ich sei gefallen in Verzweiflung!" — Hierauf
erstarrten seine Lippen. Sein letzter Seufzer war:
A m a l i a.

Amalia. (die wie aus einem Todesschlummer auffährt)
Sein letzter Seufzer Amalia?

Alte Moor. (schreit gräslich, sich in die Haare raufen)
Mein Fluch ihn gejagt in den Tod? Mein Sohn
gefallen in Verzweiflung? ‒

Herrmann. Hier ist das Schwerd, — und
hier ein Portrait, das er überall auf seinem Her:
zen trug. Mich däucht, es gleiche diesem Fräu:
lein hier auf ein Haar. „Das soll meinem Bru:
der Franz, sagte er einst zu mir, — um es dem
Glücklichen" ‒ ‒

Franz M. (stellt sich erstaunt, indem er ihr schnell
unterbricht) Mir, Amaliens Portrait? Mir,
Amalien? Mir?

Amalia. (heftig auf Herrmann losgehend) Fei:
ler, bestochener Betrüger!

Herrmann. Das bin ich nicht, gnädiges
Fräulein. Seht selbst, ob's nicht Euer Bild
ist. — Ihr mögt's ihm wol selbst gegeben
haben.

E

Franz Moor. Bei Gott, Amalia! Es ist warlich das Deine!

Amalia. (Das Bild genau betrachtend) Es
ists! — O Himmel und Erde!

Alte Moor. (rrauft sich Haar und Gesicht; schreiend)
Wehe! wehe! Mein Fluch ihn gejagt in den Tod!
Gefallen mein Sohn in Verzweiflung!

Franz M. Und er gedachte mein noch, da schon
das schwarze Panier des Todes ، ، ،?

Alte Moor. (laut weinend) Mein Fluch ihn
gejagt in den Tod? Gefallen mein Sohn in Verzweiflung!

Herrmann. (vor sich) Den Jammer steh'
ich nicht aus. — Lebt wohl, alter Herr!
(zu Franz leise) Warum habt Ihr auch das gemacht? (geht eilends ab)

Amalia. (springt auf und ihm nach) Bleib!
Bleib! Was waren seine letzten Worte?

Herrmann. (zurückrufend) Sein letzter Seufzer war: Amalia!

Amalia. Sein letzter Seufzer: Amalia? Nein,
du bist kein Betrüger! So ist es wahr! wahr! —
Er ist tod! (sie sinkt auf einen Stuhl nieder) Tod!
— Karl ist tod!

Franz M. Was seh' ich? Was steht da auf dem Schwerd? Geschrieben mit Blut! —

Amalia. (schnell aufstehend) Von ihm?

Franz M. Seh' ich recht, oder träum' ich? Sieh da! mit blutiger Schrift! "Franz, verlaß meine Amalia nicht!" — Sieh doch! Sieh doch! — Und auf der andern Seite? "Amalia! Deinen Eid zerbrach der allgewaltige Tod." — Siehst du nun Amalia? Siehst du's nun?

Amalia. (die das Schwerd lange betrachtet) Heiliger Gott! es ist seine Hand! — (bricht nach einer kurzen stillschweigenden Pause in Thränen aus, indem sie schnell abgeht) Er hat mich nie geliebt!

Franz M. (auf den Boden stampfend, vor sich) Verzweifelt! Meine ganze Kunst erliegt an dem Starrkopf.

Alte Moor. (ruft hinter Amalien her) Wehe! Wehe! Verlaß mich nicht, meine Tochter! — Franz! Gieb mir meinen Sohn wieder!

Franz M. Wer war's, der ihm den Fluch gab? Wer war's, der seinen Sohn jagte in Tod und Verzweiflung? — O es war ein treflicher Jüngling! Fluch über seine Henker!

Alte Moor. (schlägt sich mit geballter Faust an Brust und Stirn) Fluch! Verderben und Fluch über mich selber! Ich bin der Vater, der seinen grossen Sohn erschlug. O ich werde mit Leid hinunter fahren! (sich ermannend) Du — du, Franz! hast mir den Fluch aus dem Herzen geschwatzt! Gieb mir meinen Sohn wieder!

Franz M. Reizt meinen Grimm nicht, Vater! Ich verlas Euch im Tode!

Alte Moor. Scheusal! Scheusal! Schaf' mir meinen Sohn wieder! (fährt auf, um Franzen bei der Brust zu fassen.)

Franz M. (stößt ihn in den Sessel zurück, und läuft hinaus.)

Sechster Auftritt.

Der alte Moor. Hernach Amalia. Endlich Daniel, und zuletzt Bediente.

Alte Moor. Tausend Flüche dir nach! Du hast mir meinen Sohn aus den Armén gestohlen! (verzweiflungsvoll hin und her geworfen) O Wehe! Wehe! Verzweifeln, aber nicht sterben! — Alles verläßt mich. Meine gute Engel fliehn von mir! All' die Heiligen weichen vom eisgrauen Mörder!—

Wehe! Wehe! Will mir denn keiner das Haupt halten? Will keiner die ringende Seele entbinden? Keine Söhne? keine Töchter? keine Freunde mehr? — O wehe! Wehe! Verzweifeln, aber nicht sterben! (er sinkt entkräftet und leblos auf den Sessel zurück.)

Amalia. (ganz in Schmerz versunken, tritt langsam herein. Indem sie den alten Moor erblickt, und auf ihn zustürzt) Tod! Auch du tod? — (sie sinkt neben ihm nieder, und bleibt einige Augenblicke in stummer Wehmuth verlohren, — dann erholt sie sich wieder. Ihr Schmerz bricht in Thränen aus) Nimm auch mich mit dir, vollendeter, seeliger Greis! Vater meines Karls! (sie springt auf, und zieht die Glocke)

(Daniel kömmt. Bald darauf
mehr Bediente.)

Daniel. Was giebts? — Gott und alle Heiligen!

Amalia. Hülfe! Hülfe für Euern Herrn!

Daniel. (zu den Bedienten) Hier! Tragt ihn auf dem Stuhl in sein Schlafzimmer. — Ich eile, den Arzt zu rufen. (ab)

Amalia. (hält den Leichnam vest umarmt) Zu
spät! (betrachtet ihn) Tod! Tod! — Alles tod!
(worauf sie sich ihm entreißt, und abgeht)

(Bediente. Tragen den Grafen durch die Mittelthür.)

Siebenter Auftritt.

Die böhmischen Wälder.

Razmann von der einen Seite. Spie=
gelberg mit einem Räubertrupp
von der andern.

Razmann. Willkommen Kriegskamerad! Will=
kommen in den böhmischen Wäldern!

(Razmann und Spiegelberg (fallen sich um den
Hals)

Razmann. Wo schlug dich der Blitz auf der
Welt herum? Wo führt dich das Wetter her, theu=
rer Kollege?

Spiegelberg. Siedendwarm von der Leipziger
Messe. Das war ein Jux. (indem er sich auf die Erde wirft)
Und wie habt Ihr gelebt die Zeit über? Wie
geht die Handthierung? — O ich könnte dir Strei=
che auftischen den ganzen langen Tag, daß du's
Fressen darüber vergäſſest.

Razmann. Das glaub' ich. Du hast von dir hören lassen. — Aber zum Henker, wo treibst du denn all' das Geschmeis zusammen? Hagel und's Wetter! eine ganze Heerde Rekruten! — Ich weis nicht, Moriz, du mußt was magnetisches an dir haben, daß dir alles Lumpengesindel auf Gottes Erdboden anzieht, wie Stahl und Eisen.

Spiegelberg. Kann seyn. Aber diese hier sind deliciöse Bursche. Willst sie probiren, Bruder? Häng' deinen Huth an die Sonne, und ich wette, sie stehlen ihn dir herunter, als ob das Auge der Welt den schwarzen Staar gehabt hätte.

Razmann. Du wirst dem Hauptmann mit solchem Zuwachs willkommen seyn. — Er hat auch schon brave Kerls angelockt.

Spiegelberg. (giftig) Geh mir mit deinem Hauptmann! — Die meinen hier dagegen. — Pah!

Razmann. Nun ja! Sie mögen hübsche Fingerchen machen! — Aber ich sag' dir, der Ruf unsers Hauptmanns hat sogar schon ehrliche Kerls in Versuchung geführt.

Spiegelberg. Desto schlimmer! (stuz) Horch! Giebts da nicht Lärmen?

E 4

Achter Auftritt.

Schufterle in vollen Lauf. Vorige.
Zulezt Schweizer und Roller,
ausserhalb der Scene.

Razmann. Wer da? Was giebt's da? Passagiers im Wald?

Schufterle. Hurtig, hurtig! wo sind die andern? — Tausendsapperment! Ihr steht da und plaudert! Wißt Ihr denn nicht, — wißt Ihr denn gar nicht? Roller —

Razmann. Was denn? was denn?

Schufterle. Roller ist gehangen; zehn andere mit. —

Razmann. Roller? Was? Seit wann? — Woher weißt du's?

Schufterle. Schon über drei Wochen sizt er, und seitdem sind drei Gerichtstage über ihn gehalten worden. Man hat ihn auf der Tortur examinirt, wo der Hauptmann sei? — Der wackre Bursche hat nichts bekannt. Gestern ist ihm der Prozes gemacht worden, und diesen Morgen ist er dem Teufel mit Extrapost zugefahren.

Ratzmann. Vermaledei't! Weis' es der Hauptmann?

Schufterle. Erst gestern erfuhr er's. Er
schäumte, wie ein Eber. Du weisst's, er hat immer auf Rollern am meisten gehalten. Zweimal
hat er sich schon in Kapuzinerskutte zu ihm geschli-
chen, und die Person mit ihm wechseln wollen;
Roller schlug's hartnäckig ab. Darauf hat er einen Eid geschworen, daß es uns eiskalt über die
Leber lief, er wolle ihm eine Todesfackel anzün-
den, wie sie noch keinem Könige geleuchtet hat,
die ihnen den Buckel braun und blau brennen soll.
Mir ist bang' für die Stadt. Er hat schon lang'
eine Pique auf sie, weil sie so schändlich bigott ist;
und du weisst, wenn er sagt: ich will's thun;
so ist's so viel, als wenn's unser einer schon gethan hat.

Ratzmann. Aber ach! der arme Roller! der
arme Roller!

Spiegelberg. Memento mori! — Aber was
schiert mich das! (trillert ein Liedchen)

(Man hört von fern einen Schuß fallen.)

Ratzmann. (auffahrend) Horch! ein Schuß!

(Schuß und Lärmen näher)

E 5

Spiegelberg.   Noch einer!

(Schuß zum drittenmal.)

Razmann.   Wieder einer! Der Hauptmann!

(In der Ferne wird hinter der Scene gesungen:)

Die Nürnberger henken keinen,

Sie hätten ihn denn vor.

Schweizer und Roller.   (noch von weitem)
Hollaho! Hollaho!

Razmann.   Es ist Roller! Er selbst! Holen
mich zehn Teufel!

Schweizer und Roller.   (noch hinter der Scene,
aber näher) Razmann! Schufterle! Spiegelberg!
Razmann!

Razmann.   Roller! Schweizer! — Blitz,
Donner, Hagel und Wetter!

(sie fliegen den Kommenden entgegen)

Neunter Auftritt.

Räuber Moor, mit sonneverbranntem
Gesicht, steigt vom Pferde. Schweizer.
Grimm. Räubertrupp. Roller, in
ihrer Mitte. Vorige.

Räuber M. Freiheit! Freiheit! — — Du
bist im Trocknen, Roller! Führt meinen Rappen

ab, und wascht ihn mit Wein (wirft sich auf die Erde
Das hat gegolten!

Razmann. (zu Roller) Nun bei der Feuer=
esse des Pluto! Bist du vom Rad' auferstanden?

Schufterle. Bist du sein Geist? oder bin ich
ein Narr? — Bist du's wirklich?

Roller. (in Athem) Ich bin's. Leibhaftig.
Ganz. Wo glaubst du, daß ich herkomme?

Schufterle. Teufel und's Wetter! Der Stab
war ja schon über dich gebrochen!

Roller. Das war er freilich, und noch mehr.
Ich komme recta vom Galgen her. — Laß mich
nur erst zu Athem kommen! Der Schweizer wird
dir erzählen. Gebt mir ein Glas Brantwein! —
(wirft sich vor Müdigkeit auf die Erde) O mein Haupt=
mann! Wo ist mein Hauptmann? Ihm verdank'
ich Luft, Freiheit und Leben.

Schweizer. (zu Razmann und Schufterle) Es
würd' Euch viel Spas gemacht haben, wär't Ihr
dabei gewesen. — Wir paßten die Zeit ab, bis
die Passagen leer waren. Die ganze Stadt zog dem
Spektakel nach, Reuter und Fusgänger durchein=
ander, und Wagen; der Lärm und der Galgen=
psalm schollen weit. "Jetzt," sagte der Hauptmann:

"Brennt an! Brennt an!" Die Kerl flogen, wie Pfeile, steckten die Stadt an drei und dreißig Ecken zugleich in Brand, warfen feurige Lunten in der Nähe des Pulverthurms, in Kirchen und Scheunen. — Mordbleu! es war keine Viertelstunde vergangen! Der Nordostwind, der auch seinen Zahn auf die Stadt haben mus, kam uns treflich zu statten, und half die Flamme bis hinauf in die obersten Gibel jagen. Wir indes Gasse auf, Gasse nieder, wie Furien. — "Feuerjo!"— "Feuerjo!" durch die ganze Stadt. — Geheul, — Geschrei;— fangen auch an, die Brandglocken zu brummen, bis darauf der Pulverthurm in die Luft knallt, als wär' die Erde mitten entzwei geborsten, und der Himmel zerplatzt, und die Hölle zehntausend Klafter tiefer versunken.

Roller. Und jetzt sah' mein Gefolge zurück — da lag die Stadt wie Gomorrha und Sodom. Der ganze Horizont in Feuer, Schwefel und Rauch verhüllt. Ich nutzte den Zeitpunkt, und risch wie der Wind! war ich losgebunden, und damit Reiß aus! und davon! Mein Hauptmann schon parat mit Pferden und Kleidern! — So bin ich entkommen. Moor! Moor! möchtest du bald auch

in den Pfeffer gerathen, daß ich dir gleiches mit
gleichem vergelten könnte!

Ratzmann. Ein bestialischer Wunsch, für den
man dich jetzt noch hängen sollte. — Aber nicht
wahr, Kinder! es war ein Streich zum zerplatzen?

Roller. Hülfe in der Noth war's. Ihr
könnt's nicht schätzen.

Schweizer. Weißt du nicht, Grimm! wie
viel es Todte gesetzt hat?

Grimm. Drei und achtzig, sagt man. Der
Thurm allein hat ihrer sechzig zu Staub zerschmet-
tert.

Räuber M. (sehr ernstlich) Roller, du bist
theuer bezahlt.

Grimm. Pah! pah! was heißt aber das? —
Ja, wenn's Männer gewesen wären! — aber da
waren's ja nur Wickelkinder, eingeschnürrte Müt-
terchen, die ihnen die Mücken wehrten, und aus-
gedörrte Ofenhöker, die keine Thür' mehr finden
konnten. — Was leichte Beine hatte, war aus-
geflogen, der Komödie nach, und nur der Bodensatz
der Stadt blieb zurück, um die Häuser zu hüten.

Räuber M. O der armen Gewürme! —
Greise, sagst du, und Kinder?

Grimm. Ja, zum Teufel! und Kranke und Kindbetterinnen dazu, und hochschwangre Weiber. — Wie ich von ohngefehr so an einer Baracke vorbeigeh', hör' ich darinnen ein Gezeter, ich kuck' hinein, und wie ich's beim Licht beseh', was war's? Ein Kind war's, noch frisch und gesund, das lag auf dem Boden unter'm Tisch, und der Tisch wollt' eben angehn. — Armes Thierchen! sagt' ich, du verfrierst ja hier," und warf's in die Flamme.

Räuber M. Würklich, Grimm! that'st du das? — Nun, so brenn' denn diese Flamme in deinem Busen, bis die Ewigkeit grau wird! — Fort, Ungeheuer! Fort aus meinen Augen!

(es entstehet ein Gemurmel)

Räuber M. Murrt Ihr! Ueberlegt Ihr? — Wer überlegt, wenn ich befehle? Fort mit ihm, sag' ich. — Es sind noch mehrere unter Euch, die meinem Grimm reif sind. Ich kenn' dich, Spiegelberg. Aber ich will nächstens unter Euch treten, und fürchterlich Musterung halten.

(Alle gehn zitternd ab.)

———

Zehnter Auftritt.

Räuber Moor allein.

(*sehr heftig auf und ab, dann schnell stillstehend*) Höre sie nicht, Rächer im Himmel! Höre sie nicht! — Was kann ich dafür? Was kannst du dafür, wenn deine Pestilenz, deine Theurung, deine Wasserfluthen den Gerechten mit dem Böse-wicht auffressen? Wer kann der Flamme befehlen, daß sie nicht auch durch die gesegneten Saaten wüthe, wenn sie das Genist der Horniffel zerstören soll? — O pfui, pfui! über den Kindermord! Weibermord! Krankenmord! Wie sehr beugen mich diese Unthaten! Durch sie sind meine schön-sten Werke vergiftet! —

(*Nach einer langen Pause*) Da steht nun der Kna-be, schaamroth und ausgehöhnt vor dem Auge des Himmels! Er, der sich anmaaßte, mit Jupiters Keule zu spielen, und Pygmeen niederwarf, da er Tytanen zerschmettern sollte. — Geh', geh'! Du warst der Mann nicht, das Rachschwerd Gottes zu regieren! Du erlagst bei dem ersten Griff!

Nun denn, hier entsag' ich dem frechen Plan und geh', mich in irgend eine Kluft der Erde zu

verkriechen, wo der Tag vor meiner Schande
zurück tritt. (er will fliehn)

Eilfter Auftritt.

Roller eilig. Räuber Moor.

Roller. Sieh' dich vor, Hauptmann! Es
spuhkt! — Wir sind verrathen! Ganze Haufen
böhmischer Reuter schwadroniren im Holz herum! —

Zwölfter Auftritt.

Schufterle. Vorige.

Schufterle. Hauptmann! Hauptmann! Sie
haben uns die Spur abgelauert. — Rings ziehn
ihrer etliche tausend einen Kordon um den mitt=
lern Wald.

Dreizehnter Auftritt.

Spiegelberg. Vorige.

Spiegelberg. Weh! Weh! wir sind gefangen!
Wir sind gerädert! Wir sind geviertheilt! Viele
tausend Husaren, Dragoner und Jäger sprengen
um die Anhöhe, und halten die Luftlöcher besetzt.
Räuber M. (geht ab)

Vier=

Vierzehnter Auftritt.

Schweizer. Ratzmann. Schufterle. Räubertrupp von der andern Seite kommend. Vorige.

Schweizer. Haben wir sie aus den Federn geschüttelt? Freu' dich doch, Roller! Das hab' ich mir lange gewünscht, mich mit so Komisbrod-Rittern herumzuhauen. — Wo ist der Hauptmann? Ist die ganze Bande beisammen? — Wir haben doch Pulver genug?

Ratzmann. Pulver, die Menge. Aber unser sind achtzig in allem, und so immer kaum einer gegen ihrer zwanzig.

Schweizer. Desto besser! Sie setzen ihr Leben an zehn Kreuzer; fechten wir nicht für Hals und Freiheit? — Wo zum Teufel! ist denn der Hauptmann?

Spiegelberg. Er verläßt uns in dieser Noth. Können wir denn nicht mehr entwischen?

Schweizer. "Entwischen?" — So wollt' ich doch, daß du im Koth ersticktest, du Memme du! Hatt'st immer ein großes Maul, aber wenn du zwei Fäuste siehst ، ، ، Zeig' dich jetzt Lum-

F

penkerl! oder wir wollen dich in eine Sauhaut näh'n und durch Hunde verhetzen laſſen!

Ratzmann. Der Hauptmann! der Hauptmann!

(ſie treten in Ordnung)

Funfzehnter Auftritt.

Räuber Moor. Vorige.

Räuber M. (kommt langſam und bedächtig) Ich hab' ſie vollends ganz einſchlieſſen laſſen, jetzt müſſen ſie fechten wie Verzweifelte. — (laut, den Degen ziehend) Kinder! Nun gilts! Wir ſind verloren, oder wir müſſen fechten wie angeſchoſſne Eber.

Schweizer. Ha! Ich will ihnen mit meinem Fänger den Bauch ſchlitzen! Führ' uns an, Hauptmann! Wir folgen dir in den Rachen des Todes! Drauf! Drauf!

Räuber M. Ladet alle Gewehre! Es fehlt doch an Pulver nicht?

Schweizer. Pulver genug, die Erde gegen den Mond zu ſprengen!

Ratzmann. Jeder hat fünf paar Piſtolen geladen, jeder noch drei Kugelbüchſen dazu.

Räuber M. Gut, gut! Und nun mus ein Theil auf die Bäume klettern, oder sich ins Dickigt verstecken, und Feüer auf sie geben aus dem Hinterhalt. —

Schweizer. Da gehörst du hin, Spiegelberg!

Räuber M. Wir andern, wie Furien, fallen ihnen in die Flanken.

Schweizer. Darunter bin ich!

Räuber M. Zugleich mus jeder sein Pfeifchen hören lassen, im Wald herumjagen, daß unsre Anzahl schrecklicher scheine, auch müssen alle Hunde los, und in ihre Glieder gehetzt werden, damit sie sich trennen, zerstreu'n und uns in den Schus rennen. Wir drei, Roller, Schweizer und ich, fechten im Gedränge.

Schweizer. Meisterlich! Vortreflich! — Las sie nur anlaufen! Wir wollen sie zusammenwettern! — Ich habe wol eh' eine Kirsche vom Maul weggeschossen.

Sechszehnter Auftritt.
Ein Pater. Vorige.

Roller. Still doch! Kommt da nicht so ein Stück vom Pfaffengezücht angestiegen?

Schweizer. Schmeißt ihn nieder! Laßt ihn nicht zum Wort kommen.

Räuber M. Nicht doch! Ich will ihn hören.

Pater. (vor sich, stutzt) Ist dies das Drachenneſt? — Mit Eurer Erlaubnis, Ihr Herren! Ich bin ein Diener der Kirche, und draußen acht hundert, die jedes Haar auf meinem Kopf bewachen.

Schweizer. Eine herzbrechende Klauſel, sich den Magen fein warm zu halten.

Räuber M. Schweig, Kamerad! — Sagen Sie kurz, Herr Pater! was haben Sie anzubringen?

Pater. Mich sendet die hohe Obrigkeit, die über Leben und Tod spricht. Ich will ganz glimpflich und gelaſſen mit Euch reden. — Ihr Diebe! — Ihr Mordbrenner! — Ihr Schelmen! — Giftige Otterbrut, die im Finſtern schleicht, und im Verborgenen sticht! — Ausſatz der Menschheit! — Höllenbrut! : : :

Schweizer. Hund! hör' auf zu schimpfen, oder : : : (drückt ihm den Kolben vor's Gesicht)

Räuber M. Pfui doch, Schweizer! Du verdirbst ihm das Koncept. Er hat seine Predigt so brav auswendig gelernt; spricht ja so glimpflich

und gelaſſen. — Nur weiter, mein Herr! "Höl‹
lenbrut!"

Pater. Und du, feiner Hauptmann! Erſter
der Beutelſchneider! Gaunerkönig! — Das Je‹
tergeſchrei verlaſſ'ner Mütter heult deinen Ferſen
nach! Blut ſaugſt du, wie Waſſer! Menſchen wä‹
gen deinem mördriſchen Dolch keine Luftblaſe auf!—

Räuber M. (der ſich an ſeinen Degen ſtemmt)
Wahr! ſehr wahr! Nur weiter!

Pater. Was? Sehr wahr? — Iſt das auch
eine Antwort?

Räuber M. Wie, mein Herr? Darauf ha‹
ben Sie ſich wol nicht gefaſſt gemacht. — (gelaſſen)
Weiter, nur weiter! Was wollten Sie weiter
ſagen?

Pater. (entbrennt vor Grimm) Entſetzlicher
Menſch! Hebe dich weg von mir! Klebt nicht das
Blut des ermordeten Reichsgrafen an deinen ver‹
fluchten Fingern? Haſt du nicht das Heiligthum
des Herrn mit biebiſchen Händen durchbrochen,
und die geweihten Gefäſſe des Nachtmals ent‹
wandt? Wie? Haſt du nicht Feuerbrände in unſre
gottesfürchtige Stadt geworfen? und den Pulver‹
thurm über die Häupter guter Chriſten herabge‹

F 3

stürzt? (mit zusammen geschlagenen Händen) Greuliche, greuliche Frevel! die bis zum Himmel hinauf stinken und das jüngste Gericht wafnen!

Räuber M. Meisterlich gerathen bis hieher!
Aber nun zur Sache! Was läßt mir der hochlöb-
liche Magistrat durch Sie kund machen?

Pater. Was du nie werth bist, zu empfangen. —
Schau um dich, Mordbrenner! So weit nur dein
Auge absehn kann, bist du eingeschlossen von unsern Reutern. — Hier ist kein Raum zum Ent-
rinnen mehr. —

Räuber M. Hört Ihr's wohl, Schweizer und
Roller? — Aber nur weiter!

Pater. Höre denn, wie gütig, wie langmüthig
das Gericht mit dir Bösewicht verfährt. Wirst
du jetzt gleich zum Kreuz kriechen und um Gnade
und Schonung flehn, siehe! so wird dir die Stren-
ge selbst Erbarmen, die Gerechtigkeit eine liebende
Mutter seyn; — sie drückt das Auge bei der Hälfte deiner Verbrechen zu, und läßt es — denk'
doch! — und läßt es bei dem Rade be-
wenden.

Schweizer. Hast du's gehört, Hauptmann? —
Soll ich hingehn, und diesem abgerichteten Schä-

ferhund die Gurgel zusammenschnüren, daß ihm
der rothe Saft aus allen Schweislöchern spru-
delt? —

Roller. Hauptmann! — Sturm! Wetter und
Hölle! — Hauptmann! — (zu den andern) Wie
er die Unterlippe zwischen die Zähne klemmt! —
Sprich! Soll ich diesem Kerl das Oberst zu unterst
wie einen Kegel aufsetzen?

Schweizer. Mir! Mir! Sieh' mich knie'n
vor dir! niederfallen! Mir las die Wollust, ihn
zu Brei zusammen zu reiben!

Pater. (sieht sich nach Hülfe um, und will entfliehn.
Einige Räuber fassen ihn.)

Räuber M. Weg von ihm! Wag' es keiner,
ihn anzurühren! — (zum Pater nach einer Pause)
Sehn Sie, Herr Pater! Hier stehn neun und sie-
benzig, deren Hauptmann ich bin, und weis keiner auf Wink und Kommando zu fliegen, oder
nach dem Takt der Kanonen zu tanzen, und drau-
sen stehn acht hundert, unter Musketen ergraut. —
Aber hören Sie nun! So redet Moor, der Mordbrenner Hauptmann!

Wahr ist's, ich habe den Reichsgrafen erschlagen, die Dominikuskirche angezündet und geplün

dert, hab' Feuerbrände in eure bigotte Stadt geworfen, und den Pulverthurm über die Häupter
guter Christen herabgestürzt. — Aber das ist noch
nicht alles. Ich habe noch mehr gethan. (er
streckt seine linke Hand aus) Bemerken Sie, die
vier kostbaren Ringe, die ich an jedem Finger tra-
ge? — Diesen Rubin hier zog ich einem Minister vom Finger, den ich auf der Jagd zu den
Füssen seines Fürsten niederwarf. Er hatte sich
aus dem Pöbelstande zu seinem ersten Günstling
empor geschmeichelt. Der Fall seines Nachbars
war seiner Hoheit Schemel; Thränen der Waisen
huben ihn hinauf. — Diesen Demant zog ich
einem andern dieses Gelichters ab, der Ehrenstel-
len und Aemter an die Meistbietenden verkaufte,
und den trauernden Patrioten von seiner Thür
sties. — Diesen Agat, trag' ich einem Pfaffen
Ihres Gelichters zur Ehre, den ich mit eig'ner
Hand erwürgte, als er auf ofner Kanzel geweint
hatte, daß die Inquisition so in Verfall käme. —
O ich könnte Ihnen noch mehr Geschichtchen von
meinen Ringen erzählen, wenn mich nicht schon
die paar Worte gereu'ten, die ich mit Ihnen ver-
schwendet habe.

Pater. (voll heiligen Eifers) Feuer vom Himmel! fall' auf die Rotte Korah herunter!

Räuber M. Hört Ihr's wol? Habt Ihr den frommen Stoßseufzer bemerkt? — Gott, du Allsehender! kann der Mensch denn so blind seyn? — Da donnern sie Sanftmuth und Duldung, predigen Liebe des Nächsten, stürmen wider den Geiz, und haben doch Peru um goldner Spangen willen entvölkert. O über Euch Pharisäer! Euch, Falschmünzer der Wahrheit! Euch, — Affen der Gottheit!

Pater. Daß ein Bösewicht noch so stolz seyn kann!

Räuber M. Nicht genug. Jetzt will ich erst stolz reden. — Geh' hin, und sag' dem hochlöblichen Gericht, das über Leben und Tod würfelt: ich sei kein Dieb, der sich mit Schlaf und Mitternacht verschwört, und auf der Leiter gros und herrisch thut. Was ich gethan habe, werd' ich ohne Zweifel einmal im Schuldbuch des Himmels lesen; aber mit seinen erbärmlichen Verwesern will ich kein Wort mehr verlieren. Sag' ihnen, mein Handwerk sei Wiedervergeltung; — Rache sei mein Gewerbe! (er kehrt ihm den Rücken zu).

Pater. Du willst also nicht Schonung und Gnade? — Gut, mit dir bin ich fertig. (wendet sich zu der Bande) So hört denn Ihr, was die Gerechtigkeit Euch durch mich zu wissen thut! — Werdet Ihr jetzt gleich diesen verurtheilten Missethäter gebunden überliefern, seht, so soll Euch die Strafe Eurer Greuel bis auf das letzte Andenken erlassen seyn. Die heilige Kirche wird Euch verlorne Schaafe mit erneuerter Liebe in ihren Mutterschoos aufnehmen, und jedem unter Euch, soll der Weg zu einem Ehrenamt offen stehn, (er reicht Schweizern ein Papier, mit triumphirenden Lächeln. Dann zu Räuber M.) Nun? Nun? wie schmeckt Euch das, Herr Hauptmann? — Frisch also! Bindet ihn, und seid frei!

Räuber M. Hört Ihr's auch? Hört Ihr? Was stutzt Ihr? Was steht Ihr verlegen da? Die heilige Kirche — war's nicht so? bietet Euch Freiheit, und Ihr seid doch wirklich schon ihre Gefangene; — sie schenkt Euch das Leben, und das ist keine Prahlerei, denn Ihr seid warhaftig gerichtet; — sie verheißt Euch Ehren und Aemter, und was kann Euer Loos anders seyn, wenn Ihr auch obsiegt, als Schmach und Fluch und

Verfolgung? — Ueberlegt Ihr nun no ch? Wählt Ihr nun no ch? Ist es so schwer, zwischen Himmel und Hölle zu wählen? — So helfen sie doch, Herr Pater! Helfen Sie doch!

Pater. Wie heißt der Teufel, der aus ihm spricht? Der Kerl macht mich wirbeln.

Räuber M. Wie? Noch keine Antwort? Denkt Ihr wol gar, noch mit den Waffen durchzureissen? Schaut doch um Euch! Das werdet Ihr doch nicht denken; das wäre jetzt kindische Zuversicht. — Oder schmeichelt Ihr Euch wol gar, als Helden zu fallen, weil Ihr saht, daß ich mich auf's Getümmel freute? — O glaubt's nicht! Ihr seid nicht Moor. — Ihr seid heillose Diebe! Diebe können nicht fallen, wie Helden fallen. Diebe haben das Recht, vor dem Tode zu zittern. — (man hört in der Ferne Trompeten) Hört nur, wie ihre Hörner tönen! Seht, wie drohend ihre Säbel daher blinken! Wie? noch unschlüssig? Seid Ihr wahnwitzig? — Wißt, ich dank' Euch mein Leben nicht! Ich schäme mich Euers Opfers!

Pater. (äusserst erstaunt) Ich werde unsinnig! Ich laufe davon! — Hat man je von so was gehört?

Räuber M. Oder fürchtet ihr wol, ich werde mich selbst umbringen? Nein, Kinder! das ist eine unnütze Furcht. Hier werf' ich meinen Dolch weg, und meine Pistolen, und dies Fläschchen mit Gift, das mir einst wohl kommen sollte. — Was? n o ch unschlüssig? Oder glaubt Ihr vielleicht, ich werde mich zur Wehr setzen, wenn Ihr mich binden wollt?— Seht, — (indem er seine Hand am Baume befestigt) hier bind' ich meine Hand an diesen Eichenast. Ich bin ganz wehrlos, ein Kind kann mich umwerfen.— Wer ist der erste, der seinen Hauptmann in der Noth verlässt?

Roller. (nach einer kurzen Stille, in wilder Bewegung) K e i n e r! Und wenn die Hölle uns zehnfach umzingelte! — (schwenkt seinen Degen) Wer kein H u n d ist, rette den Hauptmann!

Schweizer. (zerreißt den Pardonbrief, und wirft die Stücken dem Pater in's Gesicht) In unsern Ku= geln Pardon! Fort Kanaille! Sag' dem Senat, der dich gesandt hat: du träfst unter Moors Ban= de keinen einzigen Verräther an. — Rettet, rettet den Hauptmann!

Alle. (lärmend durcheinander) Rettet! Rettet! Rettet den Hauptmann!

Pater. (eiligst ab)

Räuber M. (sich losreissend, freudig) Jetzt sind wir frei, Kameraden! Ich fühle eine Armee in meiner Faust. — Tod oder Freiheit! wenigstens sollen sie keinen lebendig haben!

(Man bläst zum Angrif. Lärm und Getümmel. Sie gehn ab mit gezogenen Degen.)

Dritter Akt.

Erster Auftritt.

Gegend an der Donau.

Die Räuber, gelagert auf einer Anhöhe, unter Bäumen.

Räuber M. Hier muß ich liegen bleiben. (wirft sich auf die Erde) Meine Glieder wie abgeschlagen. Meine Zunge trocken, wie eine Scherbe. — Ich wollt Euch bitten, mir eine Handvoll Wassers aus diesem Strom zu holen; aber Ihr seid alle matt bis in den Tod.

Schweizer. (hat sich unter Moor's Rede weggeschlichen, um Wasser zu holen)

Grimm. Auch ist der Wein all' in unsern Schläuchen.

Räuber M. Wie herrlich die Sonne dort untergeht! — (in dem Anblick verloren) So stirbt ein Held! Anbetenswürdig!

Grimm. (vor sich) Er scheint tiefgerührt.

Räuber M. Da ich noch ein Knabe war, war's mein Lieblingsgedanke, zu leben, wie sie, — zu sterben, wie sie. (mit verbißnem Schmerz) Es war ein Knabengedanke.

(Pause, dann den Hut über's Gesicht drückend)

Es gab eine Zeit — (weiter vortretend, tief in Gedanken) Laßt mich allein, Kameraden! (springt wild auf) Es gab eine Zeit, wo ich nicht schlafen konnte, wenn ich mein Nachtgebet vergessen hatte. — — (er blickt starr hin auf die untergehende Sonne) O! O! Diese Welt ist so schön! diese Erde so herrlich! — Und ich, so häslich auf dieser schönen Welt! Und ich, ein Ungeheuer auf dieser schönen Erde! (zurückgesunken an einen Baum) Der verlorne Sohn! —

Grimm. (zu Razmann, beiseite) Sieh! Sieh! — Alle Teufel! was hat er? Was fehlt ihm?

Räuber M. (nach einer Pause, sehr wehmüthig)
O meine Unschuld! Meine Unschuld! — Seht!
da ist alles hinausgegangen, sich im friedlichen
Stral des Frühlings zu sonnen. Warum ich allein die Hölle saugen, aus den Freuden des Himmels? — Alles, alles so glücklich! Durch den
Geist des Friedens alles so verschwistert! Die ganze
Welt e i n e Familie und e i n Vater dort oben. —
Mein Vater nicht! — Ich allein der verstoss'ne,
der verlorne Sohn! Ich allein ausgemustert aus
dem Reiche der Reinen. — Umlagert, von Mör-
dern! — Von Nattern umzischt! — Angeschmie-
det an's Laster mit eisernen Ketten! —

(längere Pause: Dann mit zunehmender Wehmuth)

O daß ich wiederkehren dürfte in meiner Mutter Leib! Daß ich ein Bettler geboren werden dürfte! Nein! mehr wollt' ich nicht, als daß ich werden dürfte, wie jener Tagelöhner einer! Ich wollte mich ja abmüden, daß mir das Blut von den
Schläfen rollte, — um mir die Wollust eines einzigen Mittagsschlafs, die Seeligkeit einer einzigen
Thräne zu erkaufen!

Grimm. (wie vorhin, zu den andern) Nur Geduld! Der Paroxismus scheint schon im Fallen.

Räuber M. Es war eine Zeit, wo sie mir so gern flossen. — O ihr Tage des Friedens! Du Schlos meines Vaters! Ihr grünen schwärmerischen Thäler! O all' ihr Elisiumsscenen meiner Kindheit! werdet ihr nimmer zurückkehren? nimmer mit köstlichem Säuseln meinen brennenden Busen kühlen? Dahin! Dahin! Unwiederbringlich! —

Zweiter Auftritt.
Schweizer. Vorige.

Schweizer. (der mit Wasser im Hurb zurückkömmt) Trink, Hauptmann! Hier ist Wasser genug, und frisch wie Eis.

Grimm. Du blutest ja. Was hast du gemacht?

Schweizer. Einen Spas, der mich bald zwei Beine und einen Hals gekostet hätte. Wie ich so auf dem Sandhügel am Flus hintrolle, glitsch! rutscht der Plunder unter mir ab, und ich zehn rheinländische Schuh lang hinunter. — Da lag ich, und wie ich mir eben meine fünf Sinne wieder zurecht setze, tref' ich dir das klarste Wasser im

im Kies. Genug diesmal für den Tanz, dacht'
ich; dem Hauptmann wird's wohl schmecken.

Räuber M. (giebt Schweizern den Huth zurück,
und wischt ihm sein Gesicht ab) Sonst sieht man ja
die Wunden nicht, die die böhmischen Reuter in
deine Stirn gruben. — Dein Wasser war gut,
Schweizer; — diese Wunde da steht dir schön.

Schweizer. Pah! Hat noch Platz genug für
ihrer dreissig!

Räuber M. Ja Kinder, es war ein heisser
Nachmittag; und nur Eilf Mann verloren!
Mein Roller starb einen schönen Tod. Man würd'
einen Marmor auf seine Gebeine setzen, wenn er nicht
mir gestorben wäre. Nehmt vorlieb mit diesem
Denkmaal! (er wischt sich die Augen) — Wie viel
waren's wol von den Feinden, die auf dem Platz
blieben?

Schweizer. Zweihundert in allem, wie man sagt.

Räuber M. Zweihundert, für eilf! Jeder von Euch hat Anspruch an diesen Scheitel!
(er entblößt sich das Haupt) Hier heb' ich meinen Dolch auf! So wahr meine Seele
lebt! — ich will Euch niemals verlassen.

G

Schweizer. Schwöre nicht! Du weißt nicht, ob du nicht noch glücklich werden, und bereuen wirst.

Räuber M. Bei den Gebeinen meines Rollers! ich will Euch niemals verlassen.

Dritter Auftritt.
Rosinsky. Vorige.

Rosinsky. (vor sich) In diesem Revier herum, sagten sie, würd' ich ihn antreffen. — He! Holla! Was sind das für Gesichter? Sollten's ــ Wie, wenn's diese ــ Ja, sie sind's! sie sind's! Ich will sie anreden.

Grimm. Gebt acht! Wer kommt da?

Rosinsky. Meine Herren! verzeihn Sie! Ich weis nicht, geh' ich recht oder unrecht?

Räuber M. Und wer müssen wir seyn, wenn sie recht gehn?

Rosinsky. Männer!

Schweizer. Ob wir das auch gezeigt haben, Hauptmann?

Rosinsky. Männer such' ich, die dem Tod in's Gesicht sehn und die Gefahr, wie eine zahme

Schlange, um sich spielen lassen; die Freiheit höher schätzen, als Ehre und Leben; deren blosser Name die Beherztesten feig, und Tirannen bleich macht.

Schweizer. (zum Hauptmann) Der Bursche gefällt mir. Höre, guter Freund! Du hast deine Leute gefunden.

Kosinsky. Das denk' ich, und will hoffen, bald meine Brüder. — So könnt Ihr mich denn zu meinem rechten Manne weisen: denn ich such' Euern Hauptmann, den grossen Grafen Moor.

Schweizer. (giebt Kosinsky die Hand mit Wärme) Lieber Junge! wir dutzen künftig einander.

Räuber M. (näher kommend) Kennen Sie auch den Hauptmann?

Kosinsky. (starrt ihn an) Du bist's. In dieser Mine, — wer sollte dich ansehn, und einen andern suchen?

Schweizer. Blitzbube!

Räuber M. Und was führt Sie zu mir?

Kosinsky. O Hauptmann! Mein mehr als grausames Schicksal. — Ich habe Schifbruch gelitten auf der ungestümen See dieser Welt. Die Hofnungen meines Lebens hab' ich den Grund zu

sinken sehn, und mir blieb nichts übrig, als die
marternde Erinn'rung ihres Verlusts, die mich
wahnsinnig machen würde, wenn ich sie nicht durch
anderweitige Thätigkeit zu ersticken suchte.

Räuber M. (beiseite) Schon wieder ein vom
Himmel Verworfner! — Nur weiter!

Kosinsky. Ich wurde Soldat. Das Unglück
verfolgte mich auch da. Ich macht' eine Fahrt
nach Ostindien mit; mein Schiff scheiterte an Klip-
pen. — Nichts, als fehlgeschlagne Plane! Ich
hör' endlich weit und breit von deinen Thaten erzälen, — Mordbrennerei'n, wie sie sie nann-
ten, — und bin hieher gereist, dreissig Meilen
weit, mit dem vesten Entschlus, unter dir zu die-
nen, wenn du meine Dienste annehmen willst. Ich
bitte dich, würdiger Hauptmann, schlag' mir's
nicht ab!

Schweizer. (mit einem Sprunge) Heisa!
Heisa! So ist ja unser Roller zehnhundertfach ver-
gütet! — Ein ganzer Mordbruder für unsre Bande!

Räuber M. Wie ist dein Name?

Kosinsky. Kosinsky.

Räuber M. Wie, Kosinsky? Weißt du auch,
daß du ein leichtsinniger Knabe bist, und über den

gröſten Schritt deines Lebens weggauckelſt, wie ein unbeſonnenes Mädchen? — Hier wirſt du nicht Bälle werfen, oder Kegelkugeln ſchieben, wie du dir einbildeſt.

Koſinsky. Ich weis, was du ſagen willſt. — Ich bin vier und zwanzig Jahr alt; aber ich habe Degen blinken geſehn, und Kugeln um mich ſurren gehört.

Räuber M. So, junger Herr? — Und haſt du dein Fechten nur darum gelernt, arme Reiſende um einen R e i c h s t h a l e r niederzuſtoſſen, oder Weiber h i n t e r r ü c k s tod zu ſtechen? Geh! geh! Du biſt deiner Amme entlaufen, weil ſie dir mit der Ruthe gedroht hat.

Schweizer. Was zum Henker, Hauptmann! Was denkſt du? Willſt du dieſen H e r k u l e s fortſchicken?

Räuber M. Weil dir deine Lappereien misglücken, ſo kommſt du und willſt ein Schelm, ein Meuchelmörder werden? — "M o r d", Knabe! verſtehſt du das Wort auch? Du magſt ruhig ſchlafen gegangen ſeyn, wenn du Mohnköpfe abgeſchlagen hatt'ſt; aber einen Mord auf der Seele zu tragen ; ; ;

G 3

Kosinsky. Jeden Mord, den du mich bege-
hen heissest, will ich verantworten.

Räuber M. Was? Bist du so klug? Willst
du dich anmaassen, einen Mann mit Schmeiche-
lei'n zu fangen? Woher weisst du, daß ich nicht
böse Träume habe, oder auf dem Todbette nicht
werde blaß werden? — Sag' mir, wieviel hast du
schon gethan, wobei du an Verantwortung gedacht
hast?

Kosinsky. Warlich noch sehr wenig; aber
doch — diese Reise zu d i r, Graf!

Räuber M. Hat dir etwa dein Hofmeister irgend die Geschichte eines Abendtheurers in die
Hände gespielt? — Man sollte dergleichen un-
vorsichtige Kanaillen auf die Galeere schmieden!
War sie's, die deine kindische Phantasie erhitzte
und dich mit der tollen Sucht zum grossen Mann
ansteckte? Kützelt dich nach Namen und Ehre?
Willst du Unsterblichkeit durch Mordbrennerei'n
erkaufen? — Merk' dir's, ehrgeiziger Jüngling! Für Mordbrenner grün't kein Lor-
beer! Auf Bandittensiege ist kein Triumph
gesetzt; — aber Fluch, Gefahr, Tod,
Schande, (fuhr ihn zur Seite) Siehst du

auch das Hochgericht dort auf dem Hü-
gel?

Spiegelberg. (unwillig auf- und abgehend, halb
vor sich) Ei, wie dumm! Wie abscheulich dumm!
das ist die Manier nicht! Ich hab's anders gemacht:

Kosinsky. Was soll der fürchten, der den
Tod nicht fürchtet?

Räuber M. Brav! Unvergleichlich! Du hast
dich wacker auf Schulen gehalten, hast deinen Se-
neka meisterlich auswendig gelernt. — Aber lieber Freund! mit deinen Sentenzen wirst du die
leidende Natur nicht beschwatzen. Damit wirst du
Pfeile des Schmerzes nimmermehr stumpf machen.
Besinne dich recht, mein Sohn! (er nimmt seine
Hand) Denk', ich rathe dir, als ein Vater. Lern'
erst die Tiefe des Abgrunds kennen, eh' du hin-
einspringst! — Wenn du noch in der Welt eine
einzige Freude zu erhaschen weißt, , , , Es könnten Augenblicke kommen, wo du aufwachst, und
dann möcht' es zu spät seyn. Du trittst hier gleichsam aus dem Kreise der Menschheit. Entweder
mußt du ein höherer Mensch seyn, oder du bist
ein Teufel. — Noch einmal, mein Sohn!

wenn dir noch ein Funken von Hofnung irgend anderswo glimmt, so verlaß diesen schrecklichen Bund. Man kann sich täuschen. Glaube mir, man kann das für Stärke des Geistes halten, was doch am Ende Verzweiflung war. — Glaube mir! mir! und mach' dich eilig hinweg!

Kosinsky. Nein, ich fliehe jetzt nicht mehr. Wenn dich meine Bitten nicht rühren, so hör' die Geschichte meines Unglücks. Du wirst mir dann selbst den Dolch in die Hände zwingen. — Lagert Euch hier auf dem Boden, und hör't mir aufmerksam zu!

Räuber M. Ich will dich hören. (er bleibt stehn)

Räuber. (lagern sich)

Kosinsky. Wißt also, ich bin ein böhmischer Edelmann und wurde, durch den frühen Tod meines Vaters, Herr eines ansehnlichen Ritterguts. Die Gegend war paradiesisch: denn sie enthielt einen Engel; — ein Mädchen, geschmückt mit allen Reizen der blühenden Jugend, und keusch, wie das Licht des Himmels. Doch, wem sag' ich das? Es schallt an Euren Ohren vorüber; Ihr habt niemals geliebt, seid niemals geliebt worden.

Schweizer. Sachte, sachte! unser Hauptmann wird feuerroth.

Räuber M. Hör' auf! ich will's ein andermal hören; — morgen, nächstens, oder — wenn
ich Blut gesehn habe.

Kosinsky. Blut, Blut. — Höre nur weiter. Blut, sag' ich dir, wird deine ganze Seele
füllen! Sie war bürgerlicher Geburt, eine Deut-
sche; — aber ihr Anblick schmelzte die Vorurtheile
des Adels hinweg. Mit der schüchternsten Be-
scheidenheit nahm sie den Trauring von meiner
Hand, und übermorgen sollt' ich meine Amalia
zum Altar führen.

Räuber M. (geht schnell beiseite, und sucht seine
Bewegung zu verbergen)

Kosinsky. Mitten im Taumel der auf mich
wartenden Seeligkeit, unter den Zurüstungen zur
Vermählung, — ward' ich durch einen Expressen
nach Hof citirt. Ich stellte mich. Man zeigte
mir Briefe, die ich geschrieben haben sollte, voll
verrätherischen Inhalts. Ich erröthete über die
Bosheit; man nahm mir den Degen ab; warf
mich in's Gefängnis; alle meine Sinnen waren
hinweg.

Schweizer. Und unterdeffen? — — Nur weiter! Ich rieche den Braten schon.

Kosinsky. Hier lag ich einen Monat lang, und wußte nicht, wie mir geschah. Mir bangte für meine Amalia, die meines Schicksals wegen jete Minute einen Tod würde zu leiden haben. Endlich erschien der erste Minister des Hofes, wünschte mir zur Entdeckung meiner Unschuld Glück. Mit zuckersüssen Worten liest er mir den Brief meiner Freiheit vor, und giebt mir meinen Degen wieder. Jetzt, im Triumph, wieder nach meinem Schlos, in die Arme meiner Geliebten zu fliegen; — sie war verschwunden. "In der Mitternacht sei sie weggebracht worden; wüßte niemand, wohin? und seitdem mit keinem Aug' mehr gesehn." Hui! das schos mir auf, wie der Blitz. Ich flieg' nach der Stadt; forsche am Hof; — alle Augen wurzeln auf mir, niemand will Bescheid geben. Endlich entdeck' ich sie durch ein verborgnes Gitter im Pallast. — Sie warf mir ein Billetchen zu.

Schweizer. Hab' ich's nicht gesagt?

Kosinsky. Hölle, Tod, und Teufel! da stand's! Man hatt' ihr die Wahl gelassen, ob sie

mich lieber sterben sehn, oder die Maitresse des
Fürsten werden wollte. Im Kampf zwischen Ehre
und Liebe, entschied sie für's zweite; — und
(lachend) ich war gerettet.

Schweizer. Was that'st du da?

Rosinsky. Da stand ich, wie von tausend Donnern getroffen! — Blut! war mein erster Gedanke; Blut! mein lezter. Schaum auf dem
Munde, renn' ich nach Haus, wähl' mir einen
dreispitzigen Degen, und damit in aller Hast nach
des Ministers Haus; denn nur er — er nur
war der höllische Kuppler gewesen. Man musste
mich von der Gasse bemerkt haben, denn wie ich
hinauf trat, waren alle Zimmer verschlossen. Ich
sucht', ich fragte; — "er sei zum Fürsten gefahren," war die Antwort. Ich macht' mich gera-
deswegs dahin; man wollt' nichts von ihm wissen.
Ich ging zurück, sprengte die Thüren ein, fand'
ihn — aber in dem Augenblick sprangen fünf bis
sechs Bediente auf mich zu, und entwanden mir
den Degen.

Schweizer. (stampft auf den Boden) Und er
kriegte nichts? und du zogst leer ab?

Rosinsky. Ich ward ergriffen, angeklagt, peinlich proceſſirt, infam — merkt's Euch! aus beſonderer Gnade infam aus den Gränzen gejagt. Meine Güter fielen als Präſent dem Miniſter zu. Ach! und meine Amalia bleibt in den Klauen des Tigers, — verſeufzt und vertrauert ihr Leben, während daß meine Rache faſten und ſich unter das Joch des Deſpotismus krümmen mus.

Schweizer. (aufſtehend, ſeinen Degen wetzend) Das iſt Waſſer auf unſre Mühle! Hauptmann! Da giebt's was anzuzünden!

Räuber M. (der bisher in heftigen Bewegungen hin und her gegangen, tief in ſich gekehrt) Amalia! Amalia! — Ich mus ſie ſehn. — (zu den Räubern) Auf! raft zuſammen! — Du bleibſt, Rosinsky. — Packt eilig zuſammen!

Räuber. Wohin? Was?

Räuber M. "Wohin?" Wer fragt: "wohin?" — (heftig zu Schweizern) Verräther, du willſt mich zurückhalten? Aber bei der Hofnung des Himmels! ; ; ;

Schweizer. "Verräther" — ich? — Geh' in die Hölle, Moor! ich folge dir!

Räuber M. (fällt Schwestern um den Hals, höchstwehmüthig) Bruder! du folgst mir! — Auch sie weint! Auch meine Amalia vertrauert ihr Leben! (zu den Räubern hastig) Auf! Folgt mir! Alle nach Franken! In acht Tagen müssen wir dort seyn,

(sie gehn alle ab)

Vierter Auftritt.

Garten.

Amalia, nachdenkend. Gleich nach ihr tritt Franz auf.

Franz M. Schon wieder hier, eigensinnige Schwärmerinn? Du hast dich vom frohen Mahl hinweggestohlen, und den Gästen die Freude verdorben.

Amalia. Schade für diese unschuldige Freuden. Das Todtenlied mus noch in deinen Ohren rauschen, das deinen Vater zu Grabe hallte. —

Franz M. Willst du denn ewig klagen? Las die Todten schlafen, und mache die Lebendigen glücklich! Ich komme , , ,

Amalia. (unterbricht ihn schnell) Und wenn gehst du wieder? , ,

Franz M. O weh! kein so finstres stolzes Gesicht! Du betrübst mich, Amalia. Ich komme,
dir zu sagen ...

Amalia. Nun, ich mus wol hören; Franz von
Moor ist ja gnädiger Herr worden.

Franz M. Ja recht; das war's, worüber ich
dich sprechen wollte. Maximilian ist schlafen gegangen in der Väter Gruft. Ich bin Herr. Aber
ich möcht' es vollend's ganz seyn, Amalia. — Du
weisst, was du unserm Hause warst. Du wardst
gehalten, wie Moor's Tochter. Selbst den Tod
überlebte seine Liebe zu dir; — das wirst du wol
niemals vergessen.

Amalia. Niemals, niemals. — Wer das auch
so leichtsinnig bei'm frohen Mahl' hinwegzechen
könnte!

Franz M. Die Liebe meines Vaters musst du
in seinen Söhnen belohnen. Karl ist todt; —
und Franz, der die Hofnungen der edelsten Fräu-
leins mit Füssen tritt, — Franz kommt und bietet einer armen, ohne ihn hülflosen Waise sein
Herz, seine Hand und mit ihr all' sein Gold, all'
seine Schlösser und Wälder an. Franz, der Be-

weidete, der Gefürchtete erklärt sich freiwillig für
Amaliens Sklaven. —

Amalia. Warum spaltet der Blitz diese ruchlose
Zunge nicht, die das Frevelwort ausspricht! —
Du hast meinen Geliebten ermordet, und Amalia
sollte dich Gemahl nennen? Dich?

Franz M. Nicht so ungestüm, allergnädigste
Prinzessin! — Freilich krümmt Franz sich nicht,
wie ein girrender Seladon vor dir. Freilich hat
er nicht gelernt, gleich Arkadiens schmachtenden
Schäfern, dem Echo der Grotten und Felsen seine
Liebesklagen entgegen zu jammern; — Franz
spricht, und wenn man nicht antwortet: so wird
er — befehlen.

Amalia. Wurm! Du, befehlen? mir befehlen? — Und wenn man den Befehl mit Hohnla-
chen zurückschickt?

Franz M. Das wirst du nicht. Noch weis ich
Mittel, die den Stolz eines eingebildeten Starr-
kopfs niederbeugen können. — Kloster und
Mauern!

Amalia. O bravo! herrlich! Dort von deinem
Basilisken-Anblick auf ewig verschont und nur
Musse genug, an Karln zu denken. — Willkom-

men mit deinem Kloster! Auf, auf mit deinen Mauern!

Franz M. Haha! ist es das? — Sieh acht! Jetzt hast du selbst mich die Kunst gelehrt, wie ich dich quälen soll. Diese ewige Grille von Karln soll dir mein Anblick, gleich einer feuerhaarigen Furie, aus dem Kopfe geißeln; das Schreckbild Franz soll hinter dem Bild deines Lieblings im Hinterhalt lauern; — an den Haaren will ich dich in die Kapelle schleifen, und den Degen in der Hand, dir den ehelichen Schwur aus der Seele pressen. —

(Amalia. (giebt ihm eine Maulschelle) So nimm erst das zur Aussteuer hin!

Franz M. (aufgebracht) Ha! wie das zehnfach und wieder zehnfach geahndet werden soll! Nicht meine Gemahlin, — diese Ehre sollst du nicht haben: — meine Maitresse sollst du werden, damit ehrliche Bauerweiber mit Fingern auf dich deuten, wenn du es wagst über die Gasse zu gehn. Knirsche nur mit den Zähnen! Spei' Feuer und Mord aus den Augen! — Mich ergötzt der Grimm eines Weibes. Er macht dich nur schöner, begehrenswerther. Komm! Dieses Sträuben wird meinen Triumph zieren, und mir die Wolluſt in erzwung'nen Umarmungen würzen. Komm mit zum Altar! Jetzt gleich ſollſt du mit mir gehn! — (will ſie fortreiſſen.)

Amalia. (fällt ihm um den Hals) Verzeih mir, Franz! (indem er ſie umarmen will, reißt ſie ihm den Degen von der Seite und tritt haſtig zurück) Siehſt du, Böſewicht, was ich jetzt aus dir machen kann? Ich bin ein Weib, aber ein raſendes Weib! Wag' es einmal! — Dieſer Stahl ſoll deine geile Bruſt mitten durchrennen, und der Geiſt meines Oheims wird mir die Hand dazu führen. Fleuch auf der Stelle! (ſie jagt ihn davon)

Fünfter Auftritt.
Amalia allein.

Ah! wie mir ſo wohl iſt! Jetzt kann ich wieder frei athmen. — Ich fühlte mich ſtark und grimmig, wie die Tigerinn, mit dem Siegsbrüllenden Räuber ihrer Jungen in Kampf. (nachdenkend) In ein Kloſter ſagt' er? — Dank' dir für dieſe glückliche Entdeckung! Kloſter und Mauern ſind die Freiſtadt unglücklicher Liebe. (ab, mit dem Degen in der Hand)

H

Vierter Akt.

Erster Auftritt.

Bildergallerie im Schlos.

Amalia. Bald drauf ein Bedienter. Dann Räuber Moor in Reise-kleidern.

Amalia. (ſizt ſtumm und traurig vor den Bildniſſen des verſtorbenen Grafen und Karls. Auf ihrem Schoos liegt ein Nonnengewand. Nach einer Weile ſteht ſie auf) Gnug für heute, der wehmüthigen Wonne! Morgen früh ſeh' ich euch noch ein mal; — zum leßten mal!

Bedienter. (tritt auf) Ein fremder Graf aus dem Meklenburgiſchen hat um die Erlaubnis erſucht, Schlos und Gallerie zu beſehn. Darf ich ihn hie-her führen?

Amalia. Sobald ich mich entfernt habe.

Bedienter. (will fort. Eb' Amalia noch abgehen kann, tritt Räuber M. herein) Amalia (erſchrickt bei ſeinem Anblick)

Räuber M. (mit einer Verbeugung) Ich bitte, meines Zudringens wegen, um Verzeihung. —

Nach einer faſt dreijährigen Entfernung aus meinem Vaterlande, eil' ich, meinen Freund, den alten Grafen Moor, wieder zu ſehn. Bei meiner
Ankunft hör' ich, er ſei tod. — Iſt es mir nun
wol vergönnt, ſeiner wenigſtens noch einmal im
Bilde zu genießen?

Amalia. Sehr gern. (verbindlich) Für den Freund
des Verſtorbenen, eine ſehr geringe Entſchädigung.
(vor ſich) Ich erſtaune. Die Aehnlichkeit dieſer Ge-
ſichtszüge — (indem ſie ſich wieder zu faſſen ſucht) Ge-
trauen Sie ſich denn wol, ihn unter dieſen Gemälden wieder zu erkennen?

Räuber M. Ganz gewis. Sein Bild war immer lebendig in mir. (an den Gemälden herumgehend)
Dieſer iſt's nicht; — der auch nicht; — auch dieſer
nicht. — (haſtig) Dieſer iſt's! Unverkennbar ſeine
edle hohe Mine! — Dieſer ſanftmüthige Zug um
den Mund — (ſehr bewegt) Ein vortreflicher Mann!

Amalia. Der Herr Graf ſcheinen viel Antheil
an ihm zu nehmen.

Räuber M. (in den Anblick verſunken) O ein vortreflicher Mann! ein göttlicher Mann! — Und er
ſollte dahin ſeyn?

Amalia. Dahin, — wie unsre besten Freuden dahin gehn. — (sanft seine Hand ergreifend) O Herr Graf! es reift keine Seeligkeit unter dem Monde.

Räuber M. Sehr wahr, sehr wahr! — Aber sollten auch Sie schon diese traurige Erfahrung gemacht haben. Noch können Sie nicht zwei und zwanzig Jahr alt seyn.

Amalia. Und habe sie gemacht. — Alles lebt, um traurig wieder zu sterben. Es scheint, wir lieben nur darum, — wir gewinnen nur darum, daß wir wieder verlieren.

Räuber M. (sieht ihr scharf ins Gesicht) Sie verloren schon etwas?

Amalia. Nichts. — Ach! Alles! — (mehr in sich) Nichts.

Räuber M. (mit steigender Bewegung) Und wollen es nun wol vergessen lernen, in diesem heiligen Kleide da?

Amalia. Morgen schon, hof ich. — Wollen wir weiter gehn, Herr Graf?

Räuber M. So eilig? Wes ist das Bild rechter Hand dort? Mich deucht, es ist eine unglückliche Phisiognomie.

Amalia. Dies Bild linker Hand ist der Sohn des Grafen, der würkliche Herr.

Räuber M. Der einige Sohn?

Amalia. (mit zunehmender Verlegenheit) Kommen Sie! Kommen Sie.

Räuber M. Aber dies Bild rechter Hand?

Amalia. Sie wollen nicht in den Garten gehn?

Räuber M. Aber dies Bild rechter Hand? — Du weinst, Amalia?

Amalia. (entfernt sich schnell.)

Zweiter Auftritt.

Räuber Moor allein.

(außer sich) Sie liebt mich! Sie liebt! Verrä-
thrisch rollten die Thränen von ihren Wangen. Sie
liebt mich! — Ist das die Stelle, wo ich an ihrem
Halse in Wonne schwamm? Sind das die väterlichen Säle? Hier! — Hier! — Nein, Moor!
Geh' in dein Elend zurück! (Pause. Dann sehr bewegt)
Lebe wohl, theures Vaterhaus! Einst sahst du den
Knaben Karl; — und der Knabe war ein glücklicher Knabe. Jetzt sahst du den Mann; und er
war in Verzweiflung. (eilt schnell bis zum äussersten
Ende der Bühne, wo er plötzlich stille steht, mit Wehmuth.)

Aber wie? Sie nicht mehr sehn? Kein Lebewohl?
— Keinen Blick mehr? Nein! Nein! den Gift=
trunk dieser Wolluſt muß ich noch in mich ſchlür=
fen; und dann fort! ſo weit die Rache mich peitſcht
— und Verzweiflung! (ab)

Dritter Auftritt.

Franz von Moor, in tiefen Gedanken, von der andern Seite.

Weg mit dieſem Bilde! — Weg, feige Mem=
me! Was zagſt du, und vor wem? iſt mir's nicht
die wenigen Stunden, die der Graf in dieſen
Mauern zubringt, als ſchliche immer ein Spion
der Hölle meinen Ferſen nach? — Ich ſollt' ihn
kennen! Es iſt ſo etwas groſſes, — oft geſehenes
in ſeinem wilden ſonnenverbrannten Geſicht, das
mich beben macht. (geht haſtig auf und nieder, endlich
ziebt er die Glocke) Holla, Franz! Sieh dich vor!
Dahinter ſteckt irgend ein verderbenſchwangres Un=
geheuer!

Vierter Auftritt.

Daniel kömmt. Franz.

Daniel. Was ſteht zu Befehl, mein Gebieter?

Franz M. (nachdem er ihn lange bedeutend betrachtet)
Nichts! — Fort! Fülle einen Becher Wein! aber
hurtig!

(Daniel ab)

Fünfter Auftritt.

Franz.

Was gilts? dieser beichtet, wenn ich ihn auf
die Folter spanne. In's Aug' will ich ihn fassen,
so starr, daß sein getroffnes Gewissen mitten durch
die Larve erblassen soll. (er steht forschend dem Portrait
Karls gegen über) Sein starker Hals, — sein schwar-
zes überhängendes, buschigtes Augenbraun, — seine feuerwerfende Augen! — (plötzlich zusammenfahrend)
Schadenfrohe Hölle! Jagst du mir diese Ahndung
ein? Es ist Karl!

Sechster Auftritt.

Daniel bringt Wein. Franz.

Franz M. Stell' ihn hieher! — Sieh' mir vest
in's Aug'! — Wie deine Kniee schlottern! Wie du
zitterst! Gesteh', Alter! was hast du gethan?

Daniel. Nichts, so wahr Gott lebt und meine
arme Seele!

H 4

Franz M. Trink' diesen Wein aus! — Was?
Du zauderst? — Trink', sag' ich, diesen Augenblick! Was hast du in den Wein geworfen?

Daniel. Hilf Gott! Was? Ich? in den Wein?

Franz M. Gift hast du in den Wein geworfen!
Bist du nicht bleich, wie Schnee? Gesteh! Gesteh!
Wer hat dir's gegeben? Nicht wahr, der Graf—
der Graf hat dir's gegeben?

Daniel. Der Graf? Jesus Maria! Der Graf
hat mir nichts gegeben!

Franz M. (greift ihn hart an) Ich will dich erwürgen, eisgrauer Lügner du! Nichts? Und was
stecktet Ihr denn so beisammen? Er und du und
Amalia? Und was flüstertet Ihr immer zusammen?
— (ihn beiseite nehmend) Gelt! er steckte dir gewis
Geld in deinen Beutel? oder drückte dir die Hand,
stärker als der Brauch ist? so ohngefähr, wie man
sie alten Bekannten zu drücken pflegt?

Daniel. Niemals, mein Gebieter!

Franz M. Sagt' er dir nicht, — Besinne dich
recht! daß er sich rächen wolle, — auf das grim-
migste rächen wolle?

Daniel. Nicht einen Laut davon.

Franz M. Was? Gar nichts? Besinne dich recht! — daß er den alten Herrn sehr genau — besonders genau gekannt, — daß er ihn liebe, — ungemein liebe, wie ein Sohn liebe. —

Daniel. Etwas dergleichen erinn're ich mich von ihm gehört zu haben.

Franz M. (erschrocken) Hat er? Hat er würklich? — Er sagte, er sei mein Bruder?

Daniel. Nein! das sagt' er nicht. Aber wie ihn das Fräulein in der Gallerie herumführte, — ich horcht' an der halb ofnen Thüre, — da stand er bei dem Portrait des seeligen Herrn plötzlich still', wie vom Donner gerührt. Das Fräulein deutete drauf hin, und sagte: "ein vortreflicher Mann!" — Ja, ein vortreflicher Mann! gab er zur Antwort, indem er sich die Augen wischte.

Franz M. Genug! Geh'! Lauf! Spring'! Hole mir Herrmann!

(Daniel ab)

Siebenter Auftritt.

Franz Moor.

Es ist am Tag. Es ist Karl! — Er wird auftreten und fragen: "wo ist mein Erbe?" (nach einer

Weile, indem er auf= und abgeht) Wie? Hab' ich da=
rum meine Nächte verprafft, darum Felsen hinweg
geräumt und Abgründe eben gemacht? Bin ich da=
rum gegen alle Inſtinkte der Menſchheit rebelliſch
worden? (nach einigem Nachdenken laut lachend) Ha!
ha! ha! — Sachte! nur ſachte! Es iſt ja nur noch
Spielarbeit übrig. So eine Art von Mord! —
Der iſt ein Stümper, der ſein Werk nur auf die
Hälfte bringt, und dann weggeht und müſſig zu=
gaft, wie es weiter damit werden wird.

Achter Auftritt.

Daniel zurück. Hernach Herrmann. Voriger.

Daniel. Durch ein Ohngefehr fand ich Herr=
mann in der Nähe des Schloſſes. Im Augenblick
wird er hier ſeyn.

Franz M. Wohl! Las uns allein!

Daniel. (ab)

Franz M. Zwar fürcht' ich mit Recht, ihn
mistrauiſch und aufſätzig zu finden; aber ich weis
noch Mittel, ſein erwachendes Gewiſſen zu kirren
Wer iſt mir ähnlich? — Doch ſtill! Dort iſt er!
(eilt Herrmann entgegen) Ha! willkommen, mein=

Eurypalus! meiner Künste rüstiges Werkzeug! —
mein Freund!

Herrmann. (kurz und störrig) Ihr ließt mich ho=
len, Graf!

Franz M. Damit du das S i e g e l drücktest auf
dein Meisterstück.

Herrmann. (in den Bart) Würklich?

Franz M. Den letzten Pinselstrich ans Ge=
mälde. —

Herrmann. Potz!

Franz M. (stutzt) Soll ich etwa den Wagen vor=
fahren lassen? Wollen wir's auf der Spazierfarth
ins Reine bringen?

Herrmann. Ohne Umstände, wenn's Euch ge=
fällig ist. — Zu dem, was wir heute mit einander
in's Reine bringen werden, mag wol dieser Qua=
dratschuh Raum's hinreichen. — Allenfalls könnt'
ich ein paar Worte vorausschicken, um Eurer
Lunge für die Zukunft zu schonen.

Franz M. (zurückgezogen) Hm! — und welche
wären dies?

Herrmann. (hämisch, ihn nachäffend) "Du sollst
Amalien haben! — Hier meine ritterliche Hand
drauf!" —

Franz M. (erſtaunt) Herrmann!

Herrmann. (wie oben, immer den Rücken zur Hälfte gegen Franz gekehrt) "Amalie ſei dein! — Drei der ſchönſten Länderei'n meiner Grafſchaft dein! — Hier meine ritterliche Hand drauf!" (bricht in ein wüthendes Lachen aus. Drauf trotzig zu Franz) Was habt Ihr mir zu ſagen, Graf Moor?

Franz M. (ausweichend) Dir nichts, — ich ſchickte nach Herrmann.

Herrmann. Ohne Seitenſprung! — Schon drei Wochen ſind's ſeit Euers Vaters Tod. Weh' Euch, wenn ich mit Ablauf der vierten Euch noch falſch und treulos finde! (Franz geht betroffen auf und ab) Sagt, warum ward ich hieher geſprengt? — Wieder der Narr zu ſeyn, wie vormals, und dem Diebe beim Einbrechen die Leiter zu halten? Mich zu Euerm Bärenhäuter zu verdingen um einen Schilling? War's nicht ſo?

Franz M. (beſonnen) Ja recht! — Daß wir die Hauptſache nicht verplaudern! — Mein Kammerdiener wird dir ſchon geſagt haben; — ich wollte dich nur über die Ausſteuer hören.

Herrmann. Ich glaub, Ihr foppt mich; — oder ſchlimmer, ſchlimmer ſag' ich, wenn's nicht

gefoppt iſt. Moor! nehmt Euch in acht! Macht
mich nicht raſend, Moor! Wir ſind allein. Hab'
ich doch ohnehin noch einen ehrlichen Namen, mit
Euch wett' zu ſpielen. Trau't dem Teufel nicht,
den Ihr ſelbſt warbt!

Franz M. Gilt dieſe Begegnung mir? —
Zitt're, Sklave!

Herrmann. (mit Spott) Doch wol nicht gar
vor Eurer Ungnade? (lacht überlaut) — Pfui,
Moor! Schon verabſcheu' ich den Schurken in
Euch; macht nicht, daß ich auch noch den Gecken
belache. (ihn weiter vorführend, fürchterlich geheimniß
voll) Ich kann das Siegel Eurer Geburt löſen; —
kann Gräber ſprengen und Todte auferſtehn heißen. — Wer iſt nun Sklave?

Franz M. (feig und kriechend) Freund! ſei ver-
nünftig und nicht treulos.

Herrmann. Schweigt! Hier iſt Fluch die be-
ſte Vernunft, und Aberwitz hies hier Treue. —
Wehe, wehe mir! Meine Zähne werden klappern
um dieſe Treue, wenn eine kleine Doſis von
Untreue damals mich zum Heiligen gemacht hätte. — Doch Geduld! Geduld! Auch die
Rache iſt pfiffig!

Franz M. Ah! Sehr gut, daß ich mich erinn'-
re. Du haſt neulich einen Beutel mit hundert
Louisd'or in dieſem Zimmer verloren. Faſt wär'
das vergeſſen worden. Nimm zurück Kamerad,
was dein iſt. (dringt ihm einen Beutel auf.)

Herrmann. (wirft ihm ſolchen verächtlich vor die Füſſe)
Zehnfachen Fluch über die Iſchariots-Münze! Es
iſt das Handgeld der Hölle! — Mehr als einmal
ſchon dachtet Ihr, meine Armuth zur Kupplerinn
meines Herzens zu machen; aber gefehlt, Graf!
unendlich gefehlt! Jene Beutel voll Gold kamen
mir treflich zu ſtatten, — gewiſſe Leute zu ver-
köſten.

Franz M. (erſchrocken) Herrmann! Herrmann!
Laß mich gewiſſe Dinge nicht träumen von dir!
Wenn du mehr thäteſt, als du ſollteſt: — du wärſt
entſetzlich, Herrmann!

Herrmann. (frohlockend) Wär' ich? Wär' ich
würklich? Nun denn! Zur Nachricht, Graf!
(höchſt bedeutend) Ich mäſte Eure Schande, und
fütt're Euer Gericht! Einſt will ich's Euch auf-
tiſchen zu'm Schmaus, und die Völker der Erde
zur Tafel laden! (höhniſch) Ihr verſteht mich
doch, mein ſtrenger, — gnädiger Herr?

Franz M. (springt auf, auſſer Faſſung) Ha, Teufel! Falſcher Spieler! (die Fauſt wider die Stirne)
Und mein Glück zu knüpfen an die Launen eines
Schwindelkopfs? dumm. — Das war dumm!
(wirft ſich in einen Seſſel.)

Herrmann. (ihm in's Ohr) Kein Faden iſt ſo
fein geſponnen unter der Sonne, der ſo ſchnell riſſe,
als die Bande des Bubenſtücks! (wieder im natürli-
chem Ton, ihm auf die Achſel klopfend) Aber nun,
Graf! zur Sache! Ausgelernt haben wir noch
nicht; aber bei Gott! du muſſt erſt hören, was
der Verlierer wagt. "Feuer in's Pulvermagazin!
ruft der Kaper, und hinauf in die Luft, — Freund
und Feind!"

Franz M. (indem er ſchnell nach der Wand geht,
und nach einer Piſtole greift) Hier iſt Verrätherei!

Herrmann. (zieht eben ſo ſchnell ein Terzerol aus
der Taſche, und ſchlägt an) Gebt Euch keine Mühe.—
Auf den Fall verſieht man ſich bei Euch.

Franz M. (läſt die Piſtole fallen, und wirft ſich
ſinnlos in den Seſſel. Nach einer Pauſe) Doch nur ſo
lang' reinen Mund, bis ich — mich näher be-
dacht habe!

Herrmann. Bis Ihr ein Dutzend Meuter ge:
dungen, mir die Zunge zu lähmen auf ewig?
Nicht wahr? Aber (ihm wieder in's Ohr) das Ge:
heimnis liegt im Papiere; und versiegelt; — mei:
ne Erben brechen's auf.

(geht ab)

Neunter Auftritt.

Franz Moor.

(aufstehend) Franz! Franz! was war das? Wo
blieb dein Muth, dein sonst so fertiger Witz? —
Weh! Weh! auch meine Kreaturen verrathen
mich. Die Pfeiler meines Glücks fangen an mür:
be zu werden. — Wohl! Hier gilt's einen raschen
Entschlus! Wie? wenn ich selbst hingienge, —
ihm den Degen in den Leib bohrte hinterrücks?
Ein verwundeter Mann ist ein Knabe! — — Frisch!
ich will's wagen! (er geht mit starken Schritten nach
dem Ende der Bühne, bleibt aber plötzlich in schrekhafter
Erschlaffung stehn) Wer schleicht hinter mir? (die Au:
gen gräslich rollend) — Ha Gesichter, wie ich noch
keine sah! — Was rauscht dort durch jenen Vor:
hang der Thüre? (sich erholend) Muth hab' ich ge:
wis, — Muth, wie noch keiner und doch : : :

Huh! Schrecken griefelt in meinen Locken! — durch
meine Knochen Zermalmung! (sich wieder ermannend)
Pfui, Franz! Pfui! Feig bin ich nicht; nur allzu
weichherzig bin ich. Hinweg mit diesen Reliquien
der Menschheit! Die Natur in mir soll verstum-
men. — Es wird doch noch irgend einen Bösewicht
unter meinen Bedienten geben, der feilen Ge-
winnst's willen zwei Menschenseelen in den ewigen
Schlaf fördert! Zitt're, Herrmann! Zitt're Karl!
vor dem Bastard Franz! Er kömmt! (ab)

Zehnter Auftritt.

Räuber Moor, von der einen Seite. Daniel von der andern.

Räuber M. (hastig) Wo ist das Fräulein?

Daniel. Gnädiger Herr! erlaubt einem armen
Mann, Euch um etwas zu bitten.

Räuber M. Es sei dir gewährt! Was willst
du?

Daniel. Nicht viel! und doch alles! Laßt mich
Eure Hand küssen!

Räuber M. Das sollst du nicht, guter Alter! (er umarmt ihn)

Daniel. Eure Hand! Eure Hand! Ich bitt'
Euch! (er ergreift sie schnell, und fällt vor ihm nieder) —
Liebster', bester Karl!

Räuber M. (erschrickt, faßt sich wieder und stellt sich
fremd) Freund, was sagst du? Ich versteh' dich nicht.

Daniel. (außer sich) Lieber Gott! daß ich alter
Mann noch die Freude haben soll! (sich vor den Kopf
schlagend) Dummer Tölpel ich! daß ich Euch nicht
gleich ؛؛؛ Ei, du mein himmlischer Vater! Um
was ich mit Thränen betete ؛؛؛

Räuber M. Was ist das für eine Sprache?
Seid Ihr vom hitzigen Fieber aufgesprungen? —

Daniel. Ei, pfui doch! pfui doch! das ist nicht
fein, einen alten Knecht zum besten zu haben. —
Diese Narbe! — He, wißt Ihr noch? Ihr war't
noch sehr klein. Großer Gott! Was Ihr mir da
für eine Angst einjagtet! — Ach! Jemine! das
war noch eine Zeit! — Wie manches Zuckerbrod
oder Bisquit ich Euch damals zuschob! und wie
Ihr mich batet, daß ich Euch auf des alten Herrn
seinen Schweisfuchs setzen mußte, um auf der
großen Wiese herum zu jagen. — Ja, lächelt nur,
lächelt nur! Gelt, junger Herr! das habt Ihr
rein ausgeschwitzt? Den alten Mann will man

nicht mehr kennen! da thut man so fremd', so vor-
nehm. — O Ihr seid doch mein goldiger Junker!
— Freilich halt ein bischen lucker gewesen, nehmt
mir's nicht übel. Nu, nu! wie's das junge Fleisch
macht. Am Ende kann ja doch noch alles gut
werden.

Räuber M. Ja, Daniel! ich will's nicht mehr
verhehlen! Ich bin dein Karl, dein verlorner
Karl! — Was macht meine Amalia?

Daniel. (fängt an zu weinen) Daß ich alter Sünder noch die Freude haben soll! — Hinab nun mit
dir, weisser Schädel! Mürbe Knochen! fahrt in
die Grube, mit Freuden! Euch — (ihm die Hand
küssend) Euch haben meine Augen gesehn!

Räuber M. Ehrlicher Graukopf! Da! Hier,
für's Zuckerbrod! — Hier, für den Schweisfuchsen
auf der Wiese, (dringt ihm einen schweren Beutel auf,
sehr gerührt) Ich hab' Euch nicht vergessen, alter
Mann.

Daniel. Wie? Wie? Was treibt Ihr? — Ei,
ei, Ihr habt Euch vergriffen.

Räuber M. Nicht vergriffen, Daniel! —
(Daniel will niederfallen) Steh' auf! Sage mir, was
macht meine Amalia?

Daniel. (über seine Hand weinend) Viel Gottes
Lohn! Gottes Lohn! — Eure Amalia? O die
wird's nicht überleben, die wird sterben vor Freude!

Räuber M. (heftig) Wie? Sie vergaß mich
nicht?

Daniel. Wie schwaßt Ihr wieder? Euch vergessen? — Hättet nur dabei seyn sollen, hättet sie
sehn sollen, als die Zeitung kam, Ihr wär't gestorben.

Räuber M. Was sagst du?

Daniel. O ich muß hin! muß hin! ihr sagen,
ihr die Bothschaft bringen! (will fort)

Räuber M. Halt, halt! sie darf's nicht wissen. Es darf's niemand wissen. — Auch mein
Bruder nicht.

Daniel. Euer Bruder? Nein, bei Leibe nicht!
er darf's nicht wissen! Er gar nicht, — wenn er
nicht schon mehr weis, als er wissen darf. O ich
sag' Euch, es giebt garstige Menschen, garstige Brüder, garstige Herren; — aber ich möcht' um alles
Gold meines Herrn willen kein garstiger Knecht
— kein Mörder seyn.

Räuber M. Hum! Was mein'st du damit?

Daniel. . Ja, ja! Wenn man freilich so unge=
beten auferſteht = = = (ängſtlich) Es kommt jemand.
Laſſt mich! Ich will Euch ein andermal mehr er=
zählen, wenn's Zeit dazu iſt. (läuft hinaus)

Eilfter Auftritt.

Roſinsky kommt. Räuber Moor.

Roſinsky. Nun Hauptmann, wo ſteckſt du?
— Die Pferde ſtehn geſattelt; Ihr könnt aufſitzen,
wann Ihr wollt.

Räuber M. Preſſer! Warum ſo eilig? — Soll
ich ſie denn nicht mehr ſehn?

Roſinsky. Ich zäume gleich wieder ab, wenn
Ihr's haben wollt. Ihr ſelbſt hieſſ'ſt mich ja über
Hals und Kopf eilen. (will wieder hinaus)

Räuber M. (ihn aufhaltend) Halt, Roſins=
ky! — Nur zehn Minuten noch! — hinten am
Schloshof! — und dann ſprengen wir davon!

(beide ab)

Zwölfter Auftritt.

Garten.

Vorn eine Laube, zu der verschiedene Bogengänge führen.

Amalia. (tritt nachdenklich herein)

"Du weinst, Amalie?" — Und das sprach er mit einem Ausdruck, mit einem Ton ⸱⸱⸱ Mir war's, als ob die Natur sich verjüngte. Die genoss'nen Lenze der Liebe dämmerten wieder auf in den Worten; die Nachtigal schlug, wie damals; die Blumen dufteten, wie damals, — und ich lag wonnetrunken an seinem Halse. O gewiß, wenn die Geister der Abgeschiedenen unter den Lebenden wandeln: so ist dieser Fremdling Karls Engel. — Siehst du, falsches, treuloses Herz, wie du deinen Meineid beschönigst? Nein! nein! Hinweg aus meiner Seele, du Frevelbild! Hinweg, ihr verrätherischen, gottlosen Wünsche! Im Herzen, wo Karl begraben liegt, soll kein Erdensohn nisten. — Und doch! Doch! Warum meine Gedanken so ewig, so allmächtig nach diesem Unbekannten? verwachsen in das Bild meines Einzigen? "Du weinst, Amalie?" —— Ha!

Flieh'! Flieh'! Morgen bin ich eine Heilige!
(sie steht auf) Heilige? Armes Herz! welch ein
Wort war das? Einst so süßtönend in mein Ohr!
— und jetzt! jetzt! Du hast geheuchelt, Herz!
überredetest mich: Ueberwindung wär's! Lügne-
risches Herz! es war Verzweiflung! (sie setzt sich
auf eine Rasenbank und verhüllt sich das Gesicht.)

Dreizehnter Auftritt.

Räuber Moor, öfnet die Gartenthür. Amalia.

Amalia. (fährt zusammen) Horch! Horch! Rausch-
te die Thüre nicht? (sie wird Karln gewahr, und springt
auf) Er? — Da hat mich's angewurzelt, daß ich
nicht fliehen kann. — Verlaß mich nicht, Gott im
Himmel! Ich bin ein sterbliches Mädchen;
meine Seele hat nicht Raum für zwei Gotthei-
ten! (sie nimmt Karls Bild heraus) Du, mein Karl!
sei du mein Genius wider diesen Frembling! (sie
steht stumm, das Auge auf das Bild geheftet.)

Räuber M. Sie da, gnädiges Fräulein? —
und traurig? — und eine Thräne auf diesem Gemälde? — (Amalia giebt ihm keine Antwort) — Wer
ist der Glückliche, um den sich das Aug' eines En-

gels verfilbert? (er erblickt das Gemälde, und fährt zurück) Ha! — Verdient er aber auch diese Vergötterung? Verdient er sie?

Amalia. O wenn Sie ihn gekannt hätten!

Räuber M. Ich würd' ihn beneidet haben.

Amalia. Angebetet, wollen Sie sagen. —

Räuber M. (preßt ihre Hand wüthend an den Mund.)

Amalia. Verlaß mich! — Deine Küsse brennen, wie Feuer.

Räuber M. Meine Seele brennt in ihnen!

Amalia. O Graf! was that Ihnen das Mädchen, das Sie zur Verbrecherin machen?

Räuber M. Sie ermorden mich, Fräulein!

Amalia. Mein Herz war so rein. — O daß sie verblindeten diese Augen, die mein Herz verunreinigt haben!

Räuber M. Mir, mir diesen Fluch! Ihre Augen waren unschuldig, wie Ihr Herz.

Amalia. (die mit vollem Blick an ihn hängt) Ebenbild meines Einzigen! (sich wegwendend) Geh! — Noch ist es Zeit! Noch!

Räuber M. Armes Mädchen! — Und wie? Er ist nicht mehr!

Amalia. Er seegelte lang' auf ungestümen Meeren; Amaliens Liebe seegelte mit ihm. Er wandelte durch ungebahnte sandige Wüsten, und Amaliens Liebe wog den Ermatteten in Schlummer. Meere, Berge und Horizonte zwischen den Liebenden; — aber ihre Seelen trafen sich im Paradies der Liebe.

Räuber M. (stürzt über sie her, und berührt ihren Mund mit seinen Lippen) Und treffen sich jetzt wieder! — auch jetzt! (stürmisch an ihr hängend, indem er sie halb ohnmächtig in den Armen hält.)

Amalia. (kommt wieder zu sich, gen Himmel blickend) Karl! Karl! strafe mich! Mein Eid ist gebrochen!

Räuber M. (halb wahnwitzig von ihr hinwegtretend) Irgend eine Hölle muß auf mich lauern! Ich bin so glücklich!

Amalia. (hat ihren Ring erblickt, und fährt ungestüm zusammen) Was? Du noch am Finger der Verbrecherinn? Herab mit dir! (sie reißt den Ring vom Finger, und giebt ihn dem Räuber) Nimm hin, geliebter Verführer! Ebenbild meines Karls! nimm hin! — und mit ihm mein Heiligstes, mein Alles, — meinen Karl! (sinkt auf die Rasenbank zurück)

Räuber M. (erblaßt). Du, dort oben! war das deine Meinung? — (vor sich) Wie? Eben den Ring, den ich ihr selber gab, zum Zeichen des Bundes?—

Amalia. Was hast du? Wild rollen deine Augen.

Räuber M. (mit Selbstüberwindung) Nichts! Nichts! (starr in die Höhe blickend) Noch bin ich ein Mann! — (er zieht seinen Ring ab, und steckt ihn Amalien am Finger) Nimm auch diesen! — diesen hier! — und mit ihm mein Heiligstes, mein Alles, — meine Amalie!

Amalia. (aufgesprungen) Deine Amalie? (starr verwundernd in den Boden) Seltsam! Fürchterlich=seltsam!

Räuber M. Ja wohl, gutes Kind! Fürcher=lich und seltsam! (seufzend aus tiefer Brust) Meine Amalie ist ein unglückliches Mädchen!

Amalia. Weil sie Dich von sich sties.

Räuber M. Nein! — Weil sie mich zwiefach umarmte.

Amalia. (in sich gekehrt, mit sanftem Schmerz) O dann gewis unglücklich! das arme Mädchen! Sie sei meine Schwester! Aber doch, Graf! — Noch giebt's eine beßre Welt!

Räuber M. Wo die Schleier fallen, und Liebe mit Entsetzen zurückschreckt. — Ewigkeit ist ihr Name. (mit steigender Wehmuth) Meine A m a l i e ist ein unglückliches Mädchen!

Amalia. (schmerzhaft-lächelnd) Sind Sie's denn alle, die Dich lieben und A m a l i e heißen?

Räuber M. Alle, — wenn sie wähnen, einen Engel zu umhalsen, und einen Mörder in den Armen finden. (sie von sich stoßend) Fort! Fort von mir! — Meine Amalie ist ein unglückliches Mädchen!

Amalia. Wehe, wehe ihr! (Im Ausbruch der schmerzvollsten Empfindung) Sieh! Ich beweine sie.

Räuber M. (nimmt ihre Hand, und hält ihr den Ring vor die Augen) Nun dann! hier! — hier! Weine über dich selber! (stürzt hinaus)

Amalia. (die nun erst den Ring erkennt) Karl! Karl! O Himmel und Erde! (sinkt ohne Empfindung nieder)

Vierzehnter Auftritt.

Herrmann, stürzt eilfertig durch einen Bogengang herein. Amalia.

Herrmann. (vor sich) Der Anfang ist gemacht. Nun mag der Sturm weiter wüten. (erschrocken) Wie? Fräulein Amalia?

Amalia. (ſich ängſtlich wieder erholend) Karl! — Karl! (blickt erſchrocken um ſich) Ha! ein Auflauſcher! Wen ſuchſt du hier?

Herrmann. Euch ſelbſt, Fräulein! Ich bringe Zeitungen, — ſpashaft, luſtig und fürchterlich. Wenn Ihr aufgelegt ſeid, Beleidigungen zu vergeben, ſo ſollt Ihr Wunderdinge hören.

Amalia. Für Beleidigungen hab' ich kein Gedächtnis! mit Neuigkeiten verſchone mich! (will abgehn).

Herrmann. (der ſie zurück hält) Bleib'! — Nur ein einziges Wort! Das wird dir alle deine Ruhe wiedergeben.

Amalia. (mit Mitleid ſeine Hand ergreifend, und ihn weiter fortführend) Kann ein Wort von ſo unreinen Lippen die Riegel der Ewigkeit aufreiſſen?

Herrmann. Las ſehn! — Beweinſt du nicht einen Geliebten?

Amalia. (mißt ihn mit einem groſſen Blick) Kind des Unglücks! Was berechtigt dich zu der Frage?

Herrmann. (düſter vor ſich nieder) Haß und Liebe.

Amalia. (bitter) Liebt denn unter dieſem Himmelsſtrich jemand?

Herrmann. (wild um sich schauend und leiser) Bis zum Schelmenstück! — — Starb Euch nicht kürzlich ein Oheim?

Amalia. (zärtlich) Ein Vater seiner Tochter!

Herrmann. Er lebt! Auch Karl lebt: — Du sahst ihn! (er stürzt hinaus)

Amalia. Ich sah' ihn? Himmel! so war's kein Traum? — Ja! Ja! er war's! er lebt! — Karl! Karl!

(mit ausgebreiteten Armen ab).

Funfzehnter Auftritt.

Wald. Mondschein. Nacht. Ein altes verfallenes Raubschloß mit einem Thurm. Hin und wieder brennen Wachtfeuer.

Die Räuberbande, gelagert auf der Erde. Man hat zu Abend gegessen.

Schweizer und Spiegelberg. (singen)

Ein freies Leben führen wir,
Ein Leben voller Wonne.
Der Wald ist unser Nachtquartier,
Bei Sturm und Wind handthieren wir;
Der Mond ist unsre Sonne.

Grimm und Razmann.

Heut kehren wir bei Pfaffen ein,
Bei maſten Pächtern morgen;
Da giebts Dukaten, Fras und Wein —
Für das, was fehlt, da las wir fein
Den lieben Herrgott ſorgen.

Alle. (anſtoſſend)

Stärk' uns o edler Traubenſaft!
Mit Muth zu kühnen Thaten!
Zu Brand und Morden gieb uns Kraft,
Bis wir, nebſt unſrer Brüderſchaft,
Einſt in der Hölle braten!

(Razmann und Spiegelberg ſtehn auf, und treten weiter vor.)

Razmann. Es wird Nacht. Schon der zweite
Abend, und der Hauptmann iſt noch nicht da?

Spiegelberg. Ein Wort im Vertrau'n, Razmann! — "Hauptmann," ſagſt du? Wer hat
ihn denn zum Hauptmann über uns geſetzt? oder
hat er nicht dieſen Titel blos uſurpirt, der von
rechtswegen mein iſt? — Wie? Darum ſetzten
wir alſo unſer Lebeu auf den Sprung eines Würfels,
und badeten alle Milzſuchten des Schickſals aus,
daß wir am Ende noch von Glück ſagen, wenn wir

die Leibeig'nen eines Sklaven sind? — Leibeig'ne
Ratzmann! da wir Fürsten seyn könnten? — Ha,
bei Gott! mir hat das niemals gefallen.

Ratzmann. Bei'm Donner! mir auch nichts —
aber was ist zu machen?

Spiegelberg. Fragst du mich das? — (nachdem
er ihn einige Augenblicke bedeutend angeblickt) Ratzmann!
wenn du bist, wofür ich dich immer hielt = = =
Höre, Ratzmann! — Man vermißt ihn, giebt
ihn halb verloren. Mich däucht, seine schwarze
Stunde schlägt. — Komm! folge mir, Camrad!
Ich weis, auf welchem Weg' er zurück kömmt.
Komm! Zwei Pistolen fehlen selten, — und
dann = = = (er will Ratzmann mit sich fortreißen; Ratzmann
sträubt sich)

Schweizer. (hat gehorcht und springt auf) Ha,
Bestie! Eben recht erinnerst du mich an die böhmischen Wälder. — Warst du nicht die Memme,
die anhob zu schnadern, als sie riefen: "der Feind
kommt?" Ich hab' damals bei meiner Seele ge-
flucht; — Fahr denn hin, Meuchelmörder!
(sie ziehn ihre Degen, und kommen in's Handgemenge)

Räuber. (durch einander in Bewegung) Mordjo!

Mordio! Schweizer! Spiegelberg! — Reiß't sie auseinander! —

Schweizer. (der ihn erstochen hat und mit dem Fuß stößt.) Da! — Und so krepier du! Ruhig, Kameraden! Ruhig! Laß't Euch den Bettel nicht aufwecken! — Die Bestie war immer giftig auf unsern Hauptmann, und hatte doch keine Narbe auf der ganzen Haut. — Ha! über den meuchelmörd'rischen Buben! Von hinten her will er Männer zu schanden schmeissen. — Männer, von hinten her! — Ist uns darum der helle Schweis über die Backen gelaufen, daß wir uns aus der Welt trollen sollen, wie Schurken? Bestie du! Haben wir uns darum unter Feuer und Rauch gebettet, daß wir zuletzt als Ratten verrecken?

Grimm. Aber, zum Teufel! Der Hauptmann wird rasend werden.

Schweizer. Dafür laß nur mich sorgen. — Schusterle hat's auch so gemacht; aber dafür hängt er auch jetzt in der Schweiz, wie's ihm der Hauptmann prophezeit hat. —

(man hört einen Signalschuß)

Grimm.

Grimm. (auffpringend) Horch! es fällt ein
Schuß! (man schießt zum zweitenmal) Noch einer!
Holla! der Hauptmann!

Schweizer. Nur Geduld! Er muß erst zum drittenmal schießen. (man hört noch einen Schuß)

Razmann. Er ist's! Er ist's! — Salvier dich,
Schweizer! Laßt uns ihm antworten!

(sie blasen in die Hörner)

Sechzehnter Auftritt.

Räuber Moor und Kosinsky, treten auf. Vorige.

Schweizer. (ihm entgegen) Sei willkommen,
Hauptmann! — Ich bin ein bischen vorlaut ge-
wesen, seit du weg bist. (er führt ihn an die Leiche)
Aber — Sei du Richter zwischen mir und diesem! —
Von hinten hat er dich ermorden wollen!

Räuber M. (nachdem er lange bei Schweizers Anblick
verweilt hat) O unbegreiflicher Finger der rachekün-
digen Nemesis! War's nicht dieser, der mir
einst das Sirenenlied trillerte? — (zu Schweizer)
Weih dein Schwerd der dunkeln Vergelterinn!
Das hast du nicht gethan, Schweizer.

K

Schweizer. Bei Gott! ich hab's warlich; und es ist beim Teufel nicht das schlechteste, was ich in meinem Leben gethan habe. (wirft den Degen über den Leichnam hin, und geht unwillig ab)

Räuber M. (nachdenkend). Ich verstehe, Lenker im Himmel! ich verstehe. — Die Blätter fallen vom Stamm. Mein Herbst ist gekommen. — Schaft mir diesen Anblick aus den Augen!

(Spiegelbergs Leiche wird hinweggetragen)

Grimm. (zurückkommend) Gieb uns Ordre Hauptmann! Was sollen wir weiter thun?

Räuber M. Bald, bald ist alles erfüllt! Seit ich dort war, hab' ich mich selbst verloren. — (sich niedersetzend) Gebt mir meine Laute! (Grimm bringt sie ihm. Er thut einige Griffe) ha! die Saiten vertönt, — gesprungen. Hinweg mit ihr! (giebt sie zurück) (mehr in sich gekehrt) und bald, bald — hinweg mit mir selb'er! (wirft sich unruhig von einer Seite zur andern) Nehmt Eure Hörner und spielt! Ich mus mich zurückwiegen in die Tage meiner Kraft. — Spielt, sag' ich!

Kosinsky. Es ist Mitternacht, Hauptmann.

Grimm. Wie Blei liegt der Schlaf in uns. Seit drei Tagen kein Auge zu.

Räuber M. Sinkt denn der balsamische Schlaf auch auf die Augen der Schelme? Warum flieht er mich? Spielt, befehl ich!

(sie spielen einen Marsch)

Räuber M. (der während der Musik aufgestanden, und tief in sich gekehrt auf- und niedergegangen, unterbricht sie schnell) Hinweg! Hinweg! Gute Nacht! Morgen hört Ihr weiter!

Räuber. (lagern sich im Hintergrunde auf die Erde) Gute Nacht, Hauptmann!

Siebzehnter Auftritt.

Räuber Moor. (nach einer tiefen Stille)

Eine lange, lange gute Nacht! Kein Morgen wird sie mehr röthen! — — (blickt in schreckhafter Beraubung um sich her, indem er fürchterlich mit den Zähnen grimt.) Glaubt Ihr, ich werde zittern, Geister meiner Erwürgten? Nein, ich werde nicht zittern. Euer banges Sterbegewinsel, euer schwarzgewürgtes Gesicht, eure noch weit geöfnete Wunden sind ja nur Glieder einer unzerbrechlichen Kette des Schicksals, und hängen zulezt an meinen Feierabenden, an den Launen meiner Amme, am Tem-

K 2

perament meines Vaters, am Blut meiner Mutter. — Warum hat mein Perillus einen Ochsen
aus mir gemacht, daß die Menschheit in meinem
glühenden Bauch bratet?

(er setzt die Pistole an)

Zeit und Ewigkeit! — über diesem Rohr
sich umarmend! — Grauser Schlüssel, der das Gefängnis des Lebens hinter mir schließt, und vor
mir aufriegelt die Behausung der ewigen Freiheit. — Sage mir, o sage mir, — wohin? wohin wirst du mich führen? — (in Nachdenken verloren) Ein fremdes, nie umsegeltes Land!
— Die Menschheit erschlappt unter diesem Bilde. — Doch nein! nein! Ein Mann mus nicht
straucheln. Sei, wie du willst, namenloses Jen-
seits! wenn ich nur mich selbst mit hinüber nehme. Außendinge sind nur der Anstrich des Mannes. — Ich selbst bin mein Himmel und meine
Hölle.

(er setzt von neuem an, und hält plötzlich ein)

Aber wie? — Soll ich denn für Furcht eines
quaalvollen Lebens sterben? Soll ich dem
Elend den Sieg über mich einräumen? — Nein!
ich will's dulden! (er wirft die Pistole weg) Die

Quaal soll erlahmen an meinem Stolz! Ich
will's vollenden! ·

(es wird immer finsterer. Es schlägt in einiger Ferne zwölf
Uhr)

Achtzehnter Auftritt.

Herrmann, kömmt durch den Wald. Her=
nach die Stimme des alten Moor's im
Thurm. Räuber Moor.

Herrmann. Horch! Horch! Grausig heult der
Kautz! — Zwölfe schlägt's drüben im Dorf. —
Wohl! Wohl! Alles liegt schlafen! Nur das böse
Gewissen wacht, — und die Rache. (er tritt an den
Thurm und pocht an) Komm herauf, Thurmbewoh=
ner! Mann des Jammers! Komm! Deine Mahl=
zeit ist bereitet.

Räuber M. (tritt bebend zurück) Was soll das be=
deuten?

Eine Stimme. (aus dem Thurm) Wer pocht da?
He? Bist du's Herrmann, mein Rabe?

Herrmann. Bin's, Herrmann, dein Rabe.
Steig' herauf an's Gitter und iß! — — Laß dir's
schmecken, Alter!

Stimme. Mich hungerte sehr. (den Himmel) Habe Dank, Rabensender! für's Brod in der Wüste! — Und wie geht's meinem lieben Kinde, Herrmann?

Herrmann. Stille!. — Horch! — Geräusch, wie von Schnarchenden! Hörst du nichts?

Stimme. Wie? Hörst du was?

Herrmann. Den Wind pfeifen durch die Rißen des Thurms. — Eine Nachtmusik, davon einem die Zähne klappern, und die Nägel blau werden! — (steht und horcht) Noch einmal! Immer ist mir, als hört' ich Schnarchen. — Du hast Gesellschaft, Alter. (sich schüttelnd vor Grausen) Hu! Hu!

Stimme. Siehst du etwas?

Herrmann. Leb' wohl! Leb' wohl! — Grausig ist diese Wüste. Steig hinunter in's Loch. — Nahe ist dein Retter! dein Rächer! (er will fliehn)

Räuber M. (ihm in den Weg tretend) Steh'!

Herrmann. Wer da?

Räuber M. Steh', wer du auch bist! — Was hast du hier zu thun? Rede!

Herrmann. (kommt vorwärts) Gewis seiner Auflaurer einer! Ich fürchte nichts mehr. (zieht den Do

sen) Wehr' dich, Schurke! Du haft deinen Mann
vor dir.

Räuber M. (schlägt ihm mit dem erften Hieb den Degen weit weg, und tritt näher) Antwort will ich.
Wofür das bübische Degenspiel? — Von Rache
sprachft du? — Rache kommt mir zu unter diefem Monde! Wer will mir in's Handwerk greifen?

Herrmann. (bebt erfchrocken zurück) Bei Gott!
den gebahr das Weib nicht! — Sein Betaften
entnervt, wie der Tod.

Stimme. (im Thurm) Weh'! Weh! Bift du's
Herrmann, der da redet? Mit wem redeft du,
Herrmann?

Räuber M. Drunten noch jemand? Was geht
hier vor? (läuft dem Thurme zu) Irgend ein Ungeheuer von Geheimnis liegt in diefem Thurm ver-
larvt; — mit dem Schwerd will ich's entlarven!
(gegen Herrmann gekehrt) Ift's ein Gefangener, den
die Menfchen abfchüttelten? Ich will feine Ketten
löfen. (laut rufend) Stimme: Noch einmal! Wo ift
die Thür'?

Herrmann. Eben fo leicht könnte Beelzebub
die Thore des Himmels fprengen, als du diefe. —

L 4

Geh' heim, Starker! Der Wiß der Lotterbuben geht über die Sinnen der Männer.

Räuber M. Aber nicht über den Wiß der Diebe. (er zieht Hauptschlüssel hervor) Jetzt danke ich dir Gott, daß du mich stelltest an die Spiße der Beutelschneider! — (wieder zu Herrmann) Diese Schlüssel, hier verlachen die Vorsicht der Hölle! (er nimmt einen Schlüssel und öfnet den Thurm. Aus dem Grunde steigt ein Alter herauf, ausgemergelt wie ein Gerippe. Moor blickt ihm einige Augenblicke starr in's Gesicht, und springt erschrocken zurück) Entsetzliches Blendwerk! Mein Vater!

Neunzehnter Auftritt.
Der alte Moor. Vorige.

Alte Moor. (matt die gefalteten Hände emporhaltend) Habe Dank, o Gott! Erschienen ist die Stunde der Erlösung.

Räuber M. (noch immer mit bleichem Entsetzen zurückbebend) Geist des alten Moors! was hat dich beunruhigt in deinem Grabe? Soll ich beten und Messen lesen lassen, deinen irrenden Geist in seine Heimath zu senden? Hast du das Gold der Wittwen und Waisen unter die Erde vergraben? — oder kommst du, auf meine Fragen die Räthsel der

Ewigkeit zu entfalten? Rede! Rede! Ich bin der Mann der bleichen Furcht nicht!

Alter Moor. Ich bin kein Geist. Taste mich an. Ich lebe. O ein elendes erbärmliches Leben!

Räuber M. Was? Du bist nicht begraben worden?

Alter Moor. Ich bin begraben worden; — das heißt: Ein todter Hund liegt vielleicht in meiner Väter Gruft; und ich ⸱⸱⸱ drei volle Monde schmacht' ich schon in diesem finstern Thurm, von keinem Strahl beschienen, von keinem warmen Lüftchen angeweh't, wo wilde Raben krächzen, und mitternächtliche Uhu's heulen. —

Räuber M. Himmel und Erde! Wer hat das gethan?

Herrmann. (mit grimmiger Freude) Ein Sohn!

Alter Moor. Verfluch' ihn nicht!

Räuber M. Ein Sohn? (wüthend gegen Herrmann stürzend) Schlangenzüngigter Lügner! Ein Sohn? Sprich das Sohn noch einmal, und ich bohre zehn Schwerdter in deine lästernde Gurgel! Ein Sohn?

Herrmann. Sein Sohn! — Sein Sohn Franz, sag' ich!

K 3

Räuber M. (wie eine Bildsäule erstarrend) O ewiges Chaos!

Alter M. Wenn du ein Mensch bist und ein menschliches Herz hast, Erlöser! den ich nicht kenne! — o so höre den Jammer eines Vaters, den ihm seine Söhne bereitet haben! Drei Monden schon hab' ich's tauben Felsenwänden zugewinselt; aber ein holer Wiederhall äfte meine Klagen nur nach. — Darum, wenn du ein Mensch bist, und ein menschliches Herz hast ; ;

Räuber M. Diese Beschwörung könnte die Wölfe auffordern.

Alter M. Ich lag eben auf dem Siechbette, hatte kaum einige Kräfte nach einer harten Krankheit gesammlet, so führte man einen Mann vor mir, der meldete, mein Erstgeborner sei gefallen in der Schlacht. Er brächte, sagt' er, sein letztes Lebewohl. Mein Fluch habe ihn gejagt in Kampf und Tod und Verzweiflung.

Herrmann. Gelogen! Garstig gelogen! Dieser Schurke war ich selbst, — erkauft von ihm mit Gold und Versprechungen, Euch den Garaus zu machen durch die Trauerpost.

Alter M. Du? Du? O Himmel! Es war also abgekartet? — und ich war betrogen?

Räuber M. (tritt, auffer sich, auf die Seite) Hörst du's, Moor? Hörst du's? Es fängt an zu tagen! Fürchterlich! Fürchterlich!

Herrmann. (zum alten Moor) Tretet mich breit, wie eine Natter! Ich war sein Helfershelfer; unterdrückte die Briefe Euers Karls; verfälschte die eurigen und unterschob andre, feindseligen Inhalts. So hinterging man Euch; — so zwackte man ihn aus Euerm Testament und Herzen.

Räuber M. (der den Herrmann wüthend bei der Gurgel faßt, ihn aber wieder fahren läßt und von sich stößt, blickt in fürchterlicher Wildheit um sich her; dann, indem er, die Hände ringend, in ein heulendes Gelächter ausbricht:) Und darum Räuber und Mörder? (die Faust wider Brust und Stirn) O ich blöder! blöder! blöder Thor! — Satanische Künste! Und darum Mordbrenner und Mörder! (läuft halb rasend auf und nieder)

Alter M. (mit gemildertem Zorn) Franz! Franz! — Doch ich will nicht fluchen! Und daß ich nichts sah', nichts merkte! Weh' über den blinden Bezärt'ler!

Räuber M. (plötzlich stillstehend) Und im Thurme der Vater? (den Schmerz in sich pressend) O ich habe hier nichts zu zürnen. (zum alten Moor mit erzwungner Ruhe) Redet weiter!

Alter M. Ich ward ohnmächtig bei d e r Botschaft. Man mus mich für todt gehalten haben, denn als ich wieder zu mir selber kam, lag ich schon im Sarge, und in's Leichentuch gewickelt, wie ein Todter. Ich krazte an dem Deckel des Sarges. Er ward aufgethan. Es war finstre Nacht: mein Sohn Franz, mit einer Leuchte, stand vor mir. — „Was?" rief er mit entsezlicher Stimme, „willst du denn e w i g leben?" — und gleich flog der Sargdeckel wieder zu. Der Donner dieser Worte hatte mich meiner Sinne beraubt; als ich wieder erwachte, fühlt' ich den Sarg erhoben und fortgeführt auf einem Wagen, eine halbe Stunde lang. Endlich ward er geöfnet; — ich stand am Eingange dieses Gewölbes, mein Sohn vor mir, und der Mann, der mir die Blutnachricht von Karln gebracht hatte. — Zehnmal umfaßt' ich seine Knie, und bat und flehte, und umfaßte sie und beschwur. — Das Flehn seines Vaters reichte nicht an sein Herz. — „Hinab! Hin-

ab mit ihm!" donnerte es von seinem Munde, „er
hat genug gelebt!" und hinab ward ich gestoßen
ohn' Erbarmen, und mein Sohn Franz schlos hin=
ter mir zu.

Räuber M. (banis) Es ist nicht möglich! nicht
möglich! Ihr müßt Euch geirrt haben!

Alter M. Ich kann mich geirrt haben. — Höre
weiter, aber zürne nicht! So lag ich zwanzig
Stunden, und kein Mensch gedachte meiner Noth.
Auch hat keines Menschen Fustritt diese Einöde
betreten, denn die allgemeine Sage geht, daß die
Gespenster meiner Väter in diesen Ruinen rasseln=
de Ketten schleifen, und in mitternächtlichen Stun=
den ihr Todtenlied raunen. Endlich hört' ich die
Thür wieder aufgehn; dieser Mann brachte mir
Brod und Wasser, und entdeckte mir, wie ich zum
Tod' des Hungers verurtheilt gewesen, und wie
er sein Leben in Gefahr setze, wenn es herauskä=
me, daß er mich speise. So ward ich kümmerlich
erhalten, diese lange Zeit; aber der unaufhörliche
Frost, — die faule Luft, — der grenzenlose Kum=
mer ;;; Meine Kräfte wichen, mein Leib schwand;
— tausendmal bat ich Gott mit Thränen um den
Tod; aber das Maas meiner Strafe mus noch

nicht gefüllt ſeyn, — oder es muß noch irgend eine
Freude meiner harren, daß ich ſo wunderbarlich
erhalten bin. Doch ich leide g e r e c h t. — (bitter:
lich weinend) Mein Karl! Mein Karl! Und
er hatte noch keine graue Haare.

Räuber M. Es iſt genug. Auf, ihr Klötze!
Ihr Eisklumpen! Ihr trägen fühlloſen Schläfer!
Auf! Will keiner erwachen? (er thut einen Piſto:
lenſchuß über die ſchlafenden Räuber)

Zwanzigſter Auftritt.

Die Vorigen, und die Räuber, die aus dem Schlaf aufſpringen.

Räuber. (wild durcheinander) He! Holla! Holla!
Was giebt's?

Räuber M. Hat Euch d i e Geſchichte nicht aus
dem Schlummer gerüttelt? Der e w i g e Schlaf
würde wach worden ſeyn! Schaut her! Schaut
her! Die Geſetze der Welt ſind Würfelſpiel wor:
den; das Band der Natur iſt entzwei; die alte
Zwietracht iſt los; — der Sohn hat ſeinen Va:
ter erſchlagen.

Einige Räuber. Was ſagt der Hauptmann?

Räuber M. Nein, nicht erschlagen! Das Wort ist Beschönigung! — Der Sohn hat den Vater tausendmal gerädert, gespießt, gefoltert, geschunden! Die Worte sind mir zu menschlich. — Worüber die Sünde roth wird, worüber der Kanibale schaudert, worauf seit Aeonen kein Teufel gekommen, — der Sohn hat seinen eig'nen Vater ⸗⸗ (indem er sich zum öftern lautweinend unterbricht) O seht her! seht her! er ist in Ohnmacht gesunken. — In diesem Thurm hat der Sohn seinen Vater — Frost, — Blöße, — Hunger, — Durst ⸗⸗ O seht doch! seht doch! — Es ist mein eig'ner Vater; ich will's nur gestehn.

Räuber. (springen herbei, und umringen den Alten) Dein Vater? Dein Vater?

Schweizer. (tritt ehrerbietig näher, und fällt vor dem alten Moor nieder) Vater meines Hauptmanns! ich küß' dir die Füße! Du hast über meinen Dolch zu befehlen!

Räuber M. Rache! Rache! Rache dir, grimmig beleidigter, entheiligter Greis! So zer= reis ich von nun an auf ewig das brüderliche Band! (er zerreißt sein Kleid von oben an bis unten) So ver=

fluch' ich jeden Tropfen brüderlichen Bluts im Ant=
litz des ofnen Himmels! Höret mich, Mond und
Gestirne! Höre mich, mitternächtlicher Himmel,
der du auf die Schandthat herunter blickteſt!
Höre mich, dreimal schrecklicher Gott! der du da
oben über dem Monde walteſt, und rächſt und ver=
dammſt über den Sternen! Hier knie' ich; — hier
ſtreck' ich empor die drei Finger in die Schauer der
Nacht; — hier ſchwör' ich; — und ſo ſpeie die
Natur mich aus ihren Grenzen, wie eine bösartige
Beſtie, wenn ich dieſen Schwur verletze, —
ſchwöre, das Licht des Tages nicht mehr zu grüſ=
ſen, bis des Vatermörders Blut, vor dieſen Stei=
nen verſchüttet, gegen die Sonne dampft!

(er ſteht auf)

Grimm. Es iſt ein Belialsſtreich! Sag' ei=
ner noch, wir ſey'n Schelme!

Razmann. Nein, bei allen Drachen! So bunt
haben wir's nie gemacht;

Räuber M. Ja! und bei allen ſchrecklichen
Seufzern derer, die jemals durch Eure Dolche
ſtarben, derer, die meine Flamme fraß und mein
fallender Thurm zermalmte, — eh' ſoll kein Ge=
danke von Mord und Raub Platz finden in Eurer
Bruſt,

Bruſt, bis Euer aller Kleider von des Verruchten Blut ſcharlachroth gezeichnet ſind. Das hat Euch wol niemals geträumt, daß Ihr der Arm höherer Majeſtäten ſeid? Seht! Der verworrene Kneul unſers Schickſals liegt aufgelöſt vor uns da! Heute, heute hat eine unſichtbare Macht unſer Handwerk geadelt! Betet an vor dem, der Euch dies erhabne Loos ſprach, der Euch hieher führte, der Euch würdigte, die ſchrecklichen Engel ſeines finſtern Gerichts zu ſeyn! Entblößt Eure Häup, ter! Knie't hin in den Staub! — und ſteht geheiligt auf! (Sie knien mit entblößten Häuptern. Eine Zeit lang feierliche Stille)

Schweizer. Gebeut, Hauptmann! Was ſollen wir thun?

Räuber M. Steh' auf, Schweizer und rühr' dieſe heilige Locken an! (er führt ihn zu ſeinem Vater, und giebt ihm eine ſeiner Locken in die Hand) Du weiß't noch, wie du einsmals jenem böhmiſchen Reuter den Kopf ſpalteteſt, da er eben den Säbel über mich zuckte, und ich, athemlos und erſchöpft von der Arbeit, in die Knie' geſunken war? Dazumal ver, hies ich dir eine Belohnung, die königlich wäre; ich konnte dieſe Schuld bisher niemals bezalen —

L

Schweizer. Das schwurst du mir, es ist wahr; aber las mich dich ewig meinen Schuldner nennen!

Räuber M. Nein, jetzt will ich bezalen, Schweizer! so ist noch kein Sterblicher geehrt worden, wie du! — Räche meinen Vater!

Schweizer. (steht auf) Grosser Hauptmann! Heut hast du mich zum erstenmal stolz gemacht! — Gebeut, wo, wie, wann soll ich ihn schlagen?

Räuber M. Die Minuten sind gezählt, du mußt eilends gehn; — lies dir die würdigsten aus der Bande, und führ' sie grade nach des Edelmanns Schlos! Zerr' ihn aus dem Bett', wenn er schläft, oder in den Armen der Wollust liegt; schlepp' ihn vom Mahle weg, wenn er besoffen ist; reis ihn vom Kruzifix, wenn er betend vor ihm auf den Knie'n liegt! Aber ich sag' dir, ich schärf' es dir hart ein, lief'r ihn mir nicht tod! Dessen Fleisch will ich in Stücken reissen und hungrigen Geiern zur Speise geben, der ihm nur die Haut ritzt, oder ein Haar kränkt! Ganz — ganz muß ich ihn haben, und wenn du mir ihn ganz und lebendig bringst, so sollst du eine Million zur Belohnung haben. Ich will sie einem Könige mit

Gefahr meines Lebens stehlen, und du sollst frei
ausgehn, wie die weite Luft. — Hast du mich
verstanden, so eile davon!

Schweizer. Genug, Hauptmann. — Hier hast
du meine Hand drauf: Entweder, du siehst zwei
zurückkommen, oder gar keinen. — Schweizers
Würgengel kommt! (ab mit einem Geschwader, wobei
Grimm, Ratzmann und Kosinsky. Herrmann folgt ihnen.)

Räuber M. Ihr übrigen zerstreu't Euch im
Walde. — Ich bleibe, (indem er sich erschöpft zur
Erde wirft)

Fünfter Akt.
Erster Auftritt.

Nacht. Aussicht von vielen Zimmern.
Franz im Schlafhabit. Nachher Daniel.

Franz M. Verrathen! Verrathen! Geister aus-
gespien aus Gräbern! — Losgerüttelt das Todten-
reich aus dem ewigen Schlaf! Es brüllt gegen
mich: Mörder! — (zusammenfahrend) Ha! wer
regt sich da?

Daniel. (erschrocken, mit einem Licht in der Hand)
Himmel, seid Ihr's, gestrenger Herr, der so gräß-

L 2

lich durch die Gewölbe schrei't, daß alle Schläfer
auffahren?

Franz M. Schläfer? Wer heißt euch schlafen?
Es soll niemand schlafen in dieser Stunde. Hörst
du? Alles soll auf seyn; — in Waffen; — alle Gewehre geladen. — Sahst du sie nicht dort den Bo-
gengang hinschweben?

Daniel. Wen, gnädiger Herr?

Franz M. Wen, Dummkopf? wen? so kalt,
so leer fragst du, wen? Hat mich's doch ange-
packt, wie der Schwindel! Wen, Eselskopf!
wen? Geister und Teufel! — Wie weit ist's
in der Nacht?

Daniel. Eben jetzt ruft der Nachtwächter zwei
ab.

Franz M. Was? Will diese Nacht währen bis
an den jüngsten Tag? — Hörtest du keinen Tumult in der Nähe? Kein Siegsgeschrei? Kein Geräusch galoppirender Pferde? Wo ist Karl — der
Graf, wollt' ich sagen?

Daniel. Ich weiß nicht, mein Gebieter! Es
war noch hoch am Tage, als er sich entfernte.

Franz M. (geht ängstlich auf und ab; steht aber plötzlich wieder stille) Nein! ich zittre nicht. Es war le-

dig ein Traum. Die Todten stehn noch nicht auf.
— Wer sagt, daß ich zitt're und bleich bin? Mir
ist ja so leicht, so wohl.

Daniel. Ihr seid Todtenbleich. Eure Stimm'
ist bang' und iallet.

Franz M. (sich schaudernd) Ich hab' das Fieber.
Ich will morgen zur Ader lassen.

Daniel. O Ihr seid ernstlich krank! — Soll ich
den Pastor holen?

Franz M. Nein! Nein! Nein! Ich bin ja blos
krank, das ist's alles. — Krankheit aber verstört
das Gehirn, und brütet tolle und wunderliche
Träume aus. — Träume bedeuten nichts. Nicht
wahr, Daniel? Träume bedeuten gar nichts. —
O ich hatte so eben einen lustigen Traum! —
Halte mich, Daniel! Mir wird sehr übel. (er sinkt
ohnmächtig nieder. Daniel führt ihn zum Sessel)

Daniel. Gott erbarme sich seiner! Was ist das?
— Georg! Cónrad! Bastian! Martin! Zu Hülfe!
(rüttelt ihn)

Franz M. (verwirrt, indem er wieder zu sich kommt)
Weg! Weg! Was rüttelst du mich so, scheusli-
ches Todtengerippe? — Die Todten steh'n noch
nicht auf.

Daniel. O du ewige Güte! Er hat den Verstand verloren. —

Franz M. (richtet sich matt auf) Wo bin ich? — Du hier, Daniel? Was hab' ich gesagt? Merke nicht drauf! Ich hab' eine Lüge gesagt, es sei auch, was es wolle. — Komm! Hilf mir auf! — Es war nur ein Anstoß von Schwindel. —

Daniel. Ich will Hülfe rufen; ich will nach Aerzten laufen.

Franz M. Nicht doch! Bleib'! Las dir's erzälen, und lach' mich derb' aus.

Daniel. Jezt nicht, ein andermal! Ich will Euch zu Bette bringen.

Franz M. Nein, ich bitte dich, las dir's, erzälen. (indem er ihn ängstlich fest hält) — Siehe, mir däuchte, ich hätte ein königlich Mahl gehalten, und mein Herz wäre guter Dinge, und ich läge berauscht im Rasen des Schlosgartens, und plötzlich — plötzlich ::: aber ich sage dir, lache mich derb aus!

Daniel. "Plötzlich?"

Franz M. Plötzlich traf ein ungeheurer Donner mein schlummerndes Ohr; ich taumelte bebend auf, und siehe, da war mir's; als säh ich auf

flammten den ganzen Horizont in feuriger Lohe,
und Berge und Städte und Wälder, wie Wachs,
im Ofen zerschmelzen, und ein heulender Orkan
fegte von hinnen Meer, Himmel und Erde. —

Daniel. Schrecklich! Schrecklich! Das leib-
hafte Konterfei vom jüngsten Tag!

Franz M. Nicht wahr? Das ist tolles Zeug?—
Da trat einer hervor, der hatte in seiner Hand
eine eherne Wage, die hielt er zwischen Aufgang
und Niedergang, und sprach: tretet herzu, ihr
Kinder des Staubes. — Ich wäge eure Gedanken und Werke!

Daniel. Gott erbarme sich meiner!

Franz M. Schneebleich stunden alle; ängstlich
klopfte die Erwartung in jeglicher Brust. Da war
mir's, als hört' ich meinen Namen zuerst ge-
nannt aus den Wettern der Berge, und mein in-
nerstes Mark gefror in mir, und meine Zähne
klapperten laut.

Daniel. O Gott vergeb' Euch!

Franz M. Das that er nicht! — Siehe, plötzlich erschien ein alter Mann, schwer gebeugt von
Gram, angebissen den Arm vor wüthenden Hunger; aller Augen wandten sich scheu vor dem

Mann hinweg. Ich kannte den Mann. Er schnitt eine Locke von seinem silbernen Haupthaar, näherte sich dem Mann mit der Wage, und warf sie in die Schaale der Sünden; und siehe! die Schaale der Sünden sank plötzlich zum Abgrund, und die Schaale der Versöhnung flatterte hoch auf. Da hört' ich eine Stimme schallen aus dem Rauche des Felsen: "Gnade!" Gnade jedem Sünder der Erde und des Abgrunds! Du allein bist verworfen!" — (tiefe Pause) Nun, warum lachst du nicht?

Daniel. Kann ich lachen, wenn mir die Haut schaudert? Träume kommen von Gott.

Franz M. Pfui doch! Pfui doch! Sag' das nicht; — heis mich einen Narren! Spotte mich tüchtig aus.

Daniel. Träume kommen von Gott. Ich will für Euch beten. (ab)

Zweiter Auftritt.

Franz allein, erzwungen auflachend.

Pöbelweisheit! Pöbelfurcht! Ist's doch nicht ausgemacht, ob das Vergangene nicht vergangen ist, oder ein Auge findet über den Sternen. —

Wie aber, wenn's doch wäre? wenn's vom Rächer über den Sternen dort oben nachgezält worden wäre! Weh' dir, Franz! wenn's dir vorgezält würde diese Nacht noch! — Hu! Warum schaudert mir's so durch die Knochen? — S t e r b e n? Warum packt mich das Wort so? S t e r b e n? R e c h e n s c h a f t g e b e n dem dort oben über den Sternen? — Und w e n n er gerecht ist! — wenn er gerecht ist — —

Dritter Auftritt.

Voriger. Ein Bedienter.

Bedienter. (eilig) Gnädiger Herr! Gnädiger Herr! Fräulein Amalia ist entsprungen! —

(wieder hinaus).

Vierter Auftritt.

Daniel kommt ängstlich. Franz. Von ferne hört man Schweizers und Grimms Stimmen.

Daniel. Gnädiger Herr! es jagt ein Trupp feuriger Reuter auf Weg' und Stegen im Dorf. Sie schrei'n: "Mordjo! Mordjo!" Das ganze Dorf ist in Allarm.

Franz M. Geh', las alle Glocken zusammen läuten! Alles soll in die Kirche! auf die Knie' fal-

L 5

len alles! — beten für mich! — Alle Gefangne
sollen los seyn und ledig! Ich will den Armen alles doppelt und dreifach wiedergeben! Ich will — —
so geh' doch! geh' doch! So ruf' doch den Beicht-
vater! — Bist du noch nicht fort? (das Getümmel
wird hörbarer)

Daniel. Gott verzeih' mir! wie soll ich das wieder reimen?

Franz M. Nichts mehr davon! — Sterben!
Siehst du? Sterben! Es wird zu spät.

(man hört Schweizern laut toben)

Hörst du? — Komm! Komm! und bete für mich!
Bete! (umarmt ihn ungestüm) Lieber goldner Daniel! ich will dich auch kleiden von Fus auf; —
nur bete! Ich will auch — — (wüthend) In's Teu-
fels Namen, so bete doch! (Tumult noch außerhalb
dem Schlos, Geschrei und Gepolter)

Schweizer. (von außen) Stürmt! Schlagt tod!
Brecht ein! — Dort seh' ich Licht; dort mus er
seyn!

(Daniel läuft hinaus)

Franz M. (stürzt auf die Knie' nieder) Hör' mich
beten, Gott im Himmel! Es ist das erstemal.—
Erhör mich Gott im Himmel! —

Schweizer. (noch, wie vorhin) Schlagt sie zu=
rück, Kameraden! — Hurrah! Hurrah! Der Teu=
fel ist da, und will euern Herrn holen!

Grimm. (immer noch von weitem) Holt Feuer=
brände! — Wir hinauf, oder er herunter! Woll'n
Feuer in seine Säle schmeissen!

(es fliegen Steine und Feuerbrände. Die Scheiben
fallen. Das Schloß brennt)

Franz M. Ich kann nicht beten. — Hier!
Hier! (auf Brust und Stirn schlagend) Alles öde und
verdorrt! (steht auf) Nein, ich will auch nicht be=
ten! —

Daniel (kömmt wieder) Helft! Rettet! Das
ganze Schloß steht in Flammen!

Franz M. Hier, nimm diesen Degen! Hurtig!
— Jag' mir ihn hinterrücks in den Bauch, damit
nicht diese Buben kommen, und treiben ihren
Spott mit mir. (das Feuer nimmt überhand)

Daniel. Bewahre mich Gott! Ich mag niemand
zu früh in den Himmel fördern, vielweniger zu
früh ↲ ↲ ↲ (er entrinnt)

Franz M. (ihm starr nachstierend, nach einer Pause)
"In die Hölle!" wolltest du sagen? — Würk=
lich! ich wittre so etwas. — Sind das ihre hellen

Triller? Hör' ich euch zischen, Nattern des Abgrunds? — Jezt! Jezt! Sie dringen herauf; be-
lagern die Thüre. — (zieht einen Dolch hervor, und
wirft ihn wieder von sich) Warum zag' ich so vor dieser bohrenden Spize? Ha! die Thüre kracht! Sie
stürzt! — (Nachdem er sich nochmals überall in wilder Verzweiflung nach Rettung umgeblickt) Unentrinnbar! — —
Nun! So erbarm' du dich meiner! (er reißt seine
goldene Huthschnur ab, und erdrosselt sich)

Fünfter Auftritt.

Schweizer, mit seinen Leuten. Grimm. Razmann. Rosinsky. Voriger.

Schweizer. Mordkanaille, wo bist du? — Saht
ihr, wie sie flohn? — He da? Wohin hat sich die
Bestie verkrochen?

Grimm. (stößt an die Leiche) Halt! was liegt hier
im Weg'? Leuchtet hieher! — (einige Räuber mit Fackeln treten herzu)

Razmann. Höll' und Teufel! er hat's Präve-
nire gespielt. Steckt eure Schwerdter ein; hier
liegt er, wie eine Kaze verreckt — —

Schweizer. Tod! Was? Tod? ohne mich
tod? — Erlogen, sag' ich! Gebt nur acht, wie

hurtig er auf die Beine springen soll. (ihn rüttelnd)
He du! Es giebt noch einen Vater zu mor-
den!

Grimm. Gieb dir keine Müh'! Ich sage dir's
er ist maustod. (wirft sich über ihn her, findet die Schnur
um den Hals, und schneidet sie entzwei, worauf er ihn heftig rüttelt.)

Schweizer. (einige Schritte starr von dem Leichnam
hinwegtretend) Ja, ja! er freu't sich nicht! er ist
maustod! (zu den Räubern) Geht zurück, und sagt
dem Hauptmann: er sei maustod; und mich säh'
er nie wieder. (setzt die Pistole vor den Kopf, und will
sich erschießen)

Grimm. (außer sich) Kamerad! Kamerad! Die
Bestie lebt noch! — Seht, wie er schnappt!

Schweizer. (der die Pistole wegwirft, und wie rasend
über ihn herfällt) So haben wir ihn! So haben
wir ihn! — (Franz schlägt die Augen auf) Trotz Höll'
und Teufel! er lebt! (springt wild auf, und schwenkt
den Hut) Victoria! es lebe die Rache! Es lebe
der Hauptmann!

Alle. Es lebe der Hauptmann!

Schweizer. Hurtig! Hurtig, Kinder! Werft
ihn in Ketten und schleppt ihn an die freie Luft

hinaus! — Fördert euch, fördert euch, eh' die
Flamme uns alle erstickt!

(Franz wird hinausgetragen)

Vergeß't nicht, ich bitt' euch, daß unser aller Le=
ben an dem Seinigen hängt. — Fort! Fort!

(Schweizer, mit den übrigen, ihnen nach)

Sechster Auftritt.

Der Schauplatz, wie in dem letzten Auftritt
des vorigen Akts.

Der alte Moor, auf einem Stein sitzend,
vor dem Thurm. Räuber Moor, gegen
über. Räuber, hin und her im Walde.

Räuber M. Er kommt noch nicht! (schlägt mit
dem Dolch auf einen Stein, daß es Funken giebt.)

Alter M. Verzeihung sei seine Strafe! — Mei=
ne Rache verdoppelte Liebe!

Räuber M. Nein, bei meiner grimmigen
Seele! Das nicht! Er soll sterben, und die große
Schandthat mit sich in die Ewigkeit hinüber
schleppen!

Alter M. (in Thränen ausbrechend) O mein Kind!

Räuber M. Was? Du weinst um ihn? —
An diesem Thurme?

Alter M. Erbarmung! O Erbarmung! (heftig die Hände ringend) Jezt — jezt wird mein Kind gerichtet!

Räuber M. (fährt erschrocken zurück) Welches?

Alter M. Ha! was ist das für eine Frage? — Bist du kommen, Hohngelächter zu treiben mit meinem Jammer?

Räuber M. (in großer Verwirrung, zu sich selbst) Verräthrisches Gewissen! — (laut) Merket nicht auf meine Rede, alter Mann! — Sagt mir, — war er Euch würklich lieb, Euer ältester Sohn?

Alter M. Du weißt es, o Himmel! Warum ließ ich mich durch die Ränke eines bösen Sohns bethören? Ein gepriesener Vater ging ich einher unter den Vätern der Menschen. Schön um mich blühten meine Kinder voll Hofnung. Aber — o der unglückseeligen Stunde! — Der böse Geist fuhr in das Herz meines zweiten; ich traute der Schlange, — und verlor meine Kinder beide. (verhüllt sich das Gesicht)

Räuber M. (geht weit von ihm weg; dann kommt er zurück und reicht ihm die Hand, mit abgewandtem Gesicht)

Alter M. Wärst du meines Karls Hand! — Aber er liegt fern im engen Hause, schläft schon

den eisernen Schlaf, hört nimmer die Stimme
meines Jammers.

Räuber M. (zu den Räubern, in der heftigsten Bewegung) Fort! Fort! Verlaßt mich! (Räuber entfernen sich) Jetzt mus es seyn! — Jetzt! — Und
doch! — Kann ich ihm denn seinen Sohn wiedergeben?

Alter M. Wie, Freund? Was sagtest du da?

Räuber M. (immer noch wie vorhin) Wie, wenn
ich jetzt seinen Seegen weghaschte! — haschte,
wie ein Dieb, und mich davon schlich' mit der
göttlichen Beute. — (stürzt vor ihm nieder) Ich zerbrach die Riegel deines Thurms — Küsse mich,
göttlicher Greis!

Alter M. (drückt ihn wider sein Herz) Denk', es sei
Vaterkus; so will ich denken, ich küsse meinen
Karl! — Wie? du kannst auch weinen?

Räuber M. (sehr gerührt) Ich dacht', es sei
Vaterkus! (liegt an seinem Hals. Pause)

(Man hört in der Ferne ein verwirrtes Getöse und
erblickt den Schein von Fackeln)

Räuber M. (springt auf) Horch! Horch! Die
Rache ruft! Sie kommen! (er wirft einen vollen Blick
auf den Alten und schaut grimmig nach der Gegend, aus

welcher der Lärmen gehört wird. Fackeln werden ſichtbarer, das Geräuſch nähert ſich, unter wiederholten Piſtolenſchüßen.

Alter Moor. Weh! Weh! Wes iſt das wilde Getöſe? —

Räuber M. (kniend, auf der andern Seite. Die Hände gefalten, mit Innbrunſt) Hör' die Andacht des Mordbrenners, Rächer im Himmel! Mach' ihn unſterblich! Raf' ihn nicht weg, bei'm erſten Streich! Mach' jeden Herzſtos zu einem Labſal! — jeden Schwerdſtreich zu einem Erquicktrunk!

Alter Moor. Weh! Weh! Was murmelſt du, Fremdling? — Fürchterlich! Fürchterlich!

Räuber M. Ich bete!

(wilde Muſik der kommenden Räuber von fern)

Alter M. O ſo gedenk' auch meines Franzen in deinem Gebet!

Räuber M. (mit verbiſſnem Raſen) Ich gedenk ſein.

Siebenter Auftritt.

Während einem Marſch, Schweizer voran.

Grimm. Razmann. Roſinsky. Ein Zug Räuber. Franz von Moor, Ketten ſchleifend, in der Mitte. Herrmann. Vorige.

Schweizer. Triumph, Hauptmann! Hier iſt des Bube. — Meine Ehre iſt gelöſt.

M

Grimm. Wir riſſen ihn aus den Flammen ſeines Schloſſes. — Seine Vaſallen ſind geflohn.

Koſinsky. Sein Schlos hinter ihm iſt Aſche. Verſunken ſeines Namens Gedächtnis.

(es erfolgt eine grauenvolle Pauſe)

Räuber M. (tritt langſam hervor. Zu Franz mit dumpfer und gelaſſener Stimme) Kennſt du mich?

Franz M. (ſteht, den Blick in den Boden gewurzelt; keine Antwort.)

Räuber M. (wie oben, indem er ihn zu ſeinem Vater führt) Kennſt du dieſen?

Franz M. (taumelt durchdonnert zurück) Zermalmt mich, Donner des Himmels! Mein Vater!

Alter M. (wendet ſich bebend ab) Geh'! — Gott vergebe dir! — Ich vergeſſe ; ; ;

Räuber Moor. (wild und fürchterlich) Nein! Nein! Mein Fluch hänge ſich tauſendpfündig an dieſe Bitte, und lähme ihren Flug zum Erhörer! — Kennſt du auch dieſen Thurm?

Franz M. (zu Herrmann, im Ausbruch der äuſſerſten Wuth) Ha, Schandbube! daß ich nicht all' mein Gift in dieſem Schaum auf dein Angeſicht geifern kann! — O es iſt bitter! (weinend in die Ketten beiſſend)

Räuber M. (zu den Räubern) Genug! dieſen Alten führt tiefer in den Wald. Zu dem, was ich jetzt thun werde, bedarf's keiner Vaterthränen.

Räuber. (führen den alten Grafen, der wie betäubt ist
und noch immer nach Franzen zurück blickt, vom Schauplatz)

Räuber M. Näher, Banditen!

Räuber. (formiren einen halben Mond um die beiden,
und hängen still und schauernd über ihre Flinten)

Räuber M. (in majestätischer Stellung) Ein Bevoll-
mächtigter des Weltgerichts steh' ich da. — Einen
Rechtshandel will ich schlichten, den kein Reiner
schlichtet. — Sünder sitzen zu Gericht; ich, der
größeste, obenan! — Dolche sind die Loose!
(er zieht seinen Dolch).

Franz M. (auf seine Knie sinkend) Bruder!

Räuber M. (fährt zusammen) Ha! dieses Wort!
— Er hat Recht. Seine Mutter war auch meine
Mutter. — (zu Kosinsky und Schweizern) So richtet
dann Ihr! (er steckt seinen Dolch ein und tritt tief gerührt
auf die Seite)

Schweizer. (nach einer Pause) Steh' ich nicht da,
wie ein Schulknabe, und zermart're mein Gehirn
mit Erfindung? — So reich an Freuden das Leben, so arm an Qualen der Tod! (auf den Boden
stampfend; zu Kosinsky) Sprich du! ich erlahme.

Kosinsky. Denk' an den Graukopf! Blick' seit-
wärts nach diesem Thurm! Dies begeistre dich.
Ich bin nur ein Schüler — Schäme dich, Meister!

Schweizer. Recht! Recht! das ist's! — (verweilt noch einige Zeit nachdenkend) Wie? Frevelte er

M 2

nicht an diesem Thurm? Richten wir ihn nicht an diesem Thurm? Hinunter mit ihm! — In diesem Thurm verfaul' er lebendig!

Räuber. (beiſtimmend, mit Getöſe) Hinunter! Hinunter! (ſie ſtürmen alle auf Franzen zu)

Franz M. (ſpringt ſeinem Bruder in die Arme) Rette mich von den Klauen der Mordbrenner! Rette mich, Bruder!

Räuber M. (ſehr ernſt) Du haſt mich zu ihrem Fürſten gemacht! — (Franz ſtürzt erſchrocken zurück) Wirſt du mich noch bitten?

Räuber. (noch ungeſtümer) Hinunter! Hinunter!

Räuber M. (tritt zu ihm, edel und mit Schmerz) Sohn meines Vaters! Du haſt mir meinen Himmel geſtohlen. Dieſe Sünde ſei dir genommen! — Fahr' in die Hölle, Rabenſohn! — Ich vergebe dir, Bruder! (er umarmt ihn; — dann, indem er ihn von ſich ſtößt, zu den Räubern) Herrmann ſei auch ſein Rabe! (er eilt vom Schauplatz)

(Franz Moor wird hinabgeſtoßen. Wildes Hohngelächter der Räuber)

Herrmann. (tritt zum Thurm, und ruft hinunter)

Fahre wohl, Baſtard! — So rächt ſich Herrmann, dein Trauter!

Räuber M. (kömmt nachdenkend zurück) Es iſt vollendet, Lenker der Dinge, habe Dank! Es iſt vollendet! — (verweilt über einen groſſen Gedanken) Wie?

wenn dieser Thurm wäre das Ziel gewesen, zu dem du mich führtest auf blutvollen Wegen? — Ewige Vorsicht! Hier schaudr' ich, — und bete an! — Wohl, ich vertraue dir, und mach' Feierabend am Ziel. Laßt mir den Vater kommen!

Einige Räuber. (gehn und bringen den alten Grafen geführt)

Alter M. Wohin wollt Ihr mit mir? Wo ist mein Sohn?

Räuber M. (mit Würde und Gelassenheit) Planet und Sandkorn haben ihren gemessenen Platz in der Schöpfung. — Auch dein Sohn hat den Seinen. Sei ruhig und setze dich!

Alter M. (bricht in Thränen aus) Kein Kind mehr! Kein Kind mehr!

Räuber M. Sei ruhig und setze dich!

Alter M. O der gutherzigen Barbaren! Aus dem Thurm reissen sie einen sterbenden Greis, ihn zu grüßen: Deine Kinder sind geschlachtet! (knieend) O ich bitt' Euch! vollendet Eure Barmherzigkeit und stoßt mich wieder hinunter!

Räuber M. (ergreift seine Hand mit Heftigkeit, und hält sie mit Wärme gen Himmel) Lästre nicht alter Mann! Lästre den Gott nicht, vor dem ich heut freudiger betete. (sanfter und gefaßt) Sprich! Wo würdest du Worte finden, ihm Abbitte zu thun, wenn er dir heut einen Sohn getauft hätte.

M 3

Alter M. (bitter) Tauft man heute mit Blut?

Räuber M. Wie sagst du? Ja, Alter! Auch mit Blut kann die Vorsicht taufen. Mit Blut hat sie dir heute getauft. — Ihre Wege sind seltsam und fürchterlich; — aber Freudenthränen am Ziel!

Alter M. Wo werd' ich sie weinen?

Räuber M. (der ihm in die Arme stürzt) Am Herzen deines Karls!

Alter M. (im Ausbruch der höchsten Freude) Mein Karl lebt?

Räuber M. Dein Karl lebt! — Dir voraus gesandt, zum Retter! zum Rächer! — So lohnte dir dein begünstigter Sohn! (auf den Thurm zeigend) — So rächt sich dein verlorner Sohn! (er drückt ihn an die Brust)

Räuber. (kommen herzu) Man hört Volk im Wald!

Achter Auftritt.

Amalia, mit fliegenden Haaren. Die ganze Bande folgt ihr, und sammelt sich im Hintergrunde der Bühne.

Amalia. Die Todten, schrei't man, sey'n erstanden auf seine Stimme. — Mein Oheim lebendig aus diesem Thurm! — Karl! Oheim! wo find' ich sie?

Räuber M. (zurückbebend) Wer bringt dies Bild vor meine Augen?

Alter M. (rafft sich zitternd auf) Amalia! Meine Nichte! Amalia!

Amalia. (stürzt dem Alten in die Arme) Dich wieder, mein Vater? — und meinen Karl? — und alles?

Alter M. Mein Karl lebt. — Du! Ich! — Alles!

Amalia. (entspringt dem Vater, und eilt auf den Räuber zu, den sie voll Entzücken umschlingt) Ich hab' ihn! Ich hab' ihn!

Räuber M. Reißt sie von meinem Halse! — Tödtet mich!

Amalia. Du rasest! Ha! vor Entzückung!

Alter M. Kommt, Kinder! Deine Hand, Karl! — Deine Amalia! — Ich will sie zusammenfügen auf ewig!

Amalia. Auf ewig! Auf ewig!

Räuber M. (losgerissen von Amalien) Weg! Weg von mir! Unglückseeligste der Bräute! Unglückseeligster der Väter! — Laßt mich fliehn!

Amalia. Wohin? Wohin? (schlingt die Arme um ihn)

Alter M. (sinkt erblaßt zurück) Mein Sohn flieht!

Räuber M. Zu spät! Alles vergebens! — Dein Fluch, Vater! — O frage mich nichts mehr! — Ich bin's... ich habe... Dein vermeinter

Fluch – – (in äußerster Wuth) Ha! Wer hat mich hergelockt? (mit gezog'nem Degen auf die Räuber losgehend) Wer von Euch hat mich hieher gelockt, Ihr Kreaturen des Abgrunds? (allmählig gefaßter) Nun denn! Nun! — Vergeh' Amalie! Stirb, Vater! Stirb zum zweitenmal durch mich! — Diese deine Retter sind Räuber und Mörder! Dein Sohn — ist ihr Hauptmann!

Alter M. Gott! Meine Kinder! (er sinkt sinnlos nieder. Pause)

Herrmann. (vor sich) Mich jammert des Greises. Der Tod allein kann seinen Jammer enden. Wohl! so sei es denn! — (näher zum alten Moor) Wisse: Franz, der Begünstigte, — Franz, der Gerichtete, (zeigt auf den Thurm) — war nicht dein Sohn; — ist Bastard.

Räuber M. (mit starrem Erstaunen) Wie? Was?

Herrmann. (schlägt einen Brief auseinander, und hält ihn dem alten Moor hin) Hier das Bekenntnis deiner Gattin! Und nun — keinen Tropfen mehr im Kelch deiner Leiden! Stirb! (wirft den Brief hin, und eilt hinaus)

Alter M. (fällt in Todesverzuckungen)

Räuber M. (liest in dem Briefe und zerreißt ihn schnell) Mutter! Mutter! so sei deine Schuld vor dem Himmel vernichtet! — O mein Vater!

Alter M. (erholt sich wieder auf einige Augenblicke) Gott! (er verfällt auf's neue in Verzuckungen, und stirbt)

Amalia. (hält eine seiner Hände, und liegt starr neben ihm auf den Knie'n)

Die ganze Bande. (in fürchterlicher Pause)

Räuber M. (stand lang' in den Anblick des sterbenden Vaters versunken. Jetzt schlägt er sich vor die Stirn, und läuft rasend wider eine Eiche) Die Seelen derer, die ich erdrosselte im Genuß der Liebe — derer, die ich zerschmetterte im heiligen Schlaf — derer ... (überlaut und fürchterlich lachend) Hahaha! Hört Ihr den Pulverthurm knallen über dem Stuhl der Gebährerin? Seht Ihr die Flammen lecken an den Wiegen der Säuglinge? Ha! das ist Brautfackel! das ist Hochzeitmusik! — O er vergißt nicht! — er weis zu mahnen! Darum von mir, Wonne der Liebe! Von mir, Freude des Lebens! Das ist Vergeltung!

Amalia. (noch knieend) Schrecklich! Schrecklich! — Herrscher im Himmel! Aber was hab' ich ge-than? ich unschuldiges Lamm! Ich hab' diesen geliebt!

Räuber M. O das ist mehr, als ein Mann er-duldet. Wie aber? Sollt' ich jetzt erst beben wie ein Weib? beben vor einem Weibe? Nein! — Blut! Blut! Es wird vorüber gehn. Blut will ich sauf-fen! — (er will davon)

Amalia. (springt auf, und fällt ihm in die Arme) Mörder! Teufel! Ich kann dich Engel nicht lassen.

Räuber M. Haſt du vergeſſen? — Was iſt das?
Will die Hölle ihr ſataniſches Kurzweil mit mir
treiben? — Seht hieher! Seht! Sie liebt mich
mit all' meinen Sünden! Die Kinder des Lichts
weinen am Halſe begnadigter Teufel! — O ich bin
rein! — bin glücklich! (er verbirgt ſein Geſicht an
ihrem Buſen. Eine Gruppe von Rührung. Kurze Pauſe)

Grimm. (hervortretend, mit entblößtem Dolch) Halt'
ein, Verräther! Gleich laß dieſen Arm fahren, —
oder ich will dir ein Wort ſagen, daß dir die Ohren gellen und deine Zähne vor Entſetzen klappern!

Schweizer. (ſtreckt das Schwerd zwiſchen beide)

Grimm. Denk' an die böhmiſchen Wälder!
Hörſt du? Hubſt du da nicht deine Hand auf zum
eiſernen Eid, und ſchwurſt, uns nie zu verlaſſen, wie wir dich nicht verlaſſen haben? —

Räuber. (durcheinander, reißen ihre Kleider auf)
Schau her! Schau hieher! Kennſt du dieſe Nar-
ben? Du biſt unſer! Mit unſerm Blut haben wir
dich zum Leibeig'nen gekauft. — Fort! Fort! mit
uns! Opfer um Opfer! Liebe um Treue!
Ein Weib um die Bande!

Räuber M. (läßt Amalien fahren) Es iſt aus! —
Ich wollt' umkehren und zu meinem Vater gehn;
aber der im Himmel ſagt! Nein! — Kommt,
Kameraden! (er dreht ſich nach der Bande)

Amalia. (wirft ſich ihm in den Weg) Halt! Mich
auf's neu' verlaſſen? — Nein! Nein! Zieh'
den Degen und erbarme dich!

Räuber M. Das Erbarmen ist in die Bären gefahren. Ich tödte dich nicht!

Amalia. (seine Knie' umfassend) O um Gottes und
aller Erbarmung willen! Ich will ja nicht Liebe
mehr, — Tod ist meine Bitte nur! Zieh' den Degen, und ich bin glücklich.

Räuber M. Willst du allein glücklich seyn?
Fort! Ich tödte kein Weib!

Amalia. Ha, nun seh' ich's! du kannst nur die
Glücklichen tödten, die Lebenssatten gehst du, vorüber. (stehend gegen die Bande) So erbarmt Ihr Euch
meiner, Schüler des Henkers! Es ist ein so blut-
dürstiges Mitleid in Euren Blicken. Drückt ab! —
Euer Meister ist ein feigherziger Prahler!

(einige Räuber zielen)

Räuber M. (ausser Fassung) Zurück, Harpyen!
(er tritt mit Majestät dazwischen) Wag' es einer, in
mein Heiligthum zu brechen! Sie ist mein! (indem
er sie mit den Armen umfasst) Und nun zieh' an ihr der
Himmel! die Hölle an mir! er hebt sie hoch auf, und
schwingt sie in dieser Gruppe gegen die Bande) Was die
Natur an einander schmiedet, — wer wird es
scheiden?

Räuber. (schlagen an) Wir!

Räuber M. (lässt Amalien halb entseelt auf den Stein
nieder; dann entschlossen) Halt! — Moor's Ge-
liebte soll nur durch Moor sterben! (er stürzt
auf Amalien zu, und stößt sie mit dem Dolch nieder)

Räuber. (klatschen lärmend in die Hände) **Bravo!**
Bravo!

Grimm. Das heißt seine Ehre lösen, wie ein
Räuberfürst!

Räuber M. (stellt sich vor Amalien und bewacht sie, mit
ausgestrecktem Degen) Nun ist sie mein! — Mein!
— Oder die Ewigkeit ist die Grille eines Dumm-
kopfs gewesen. Eingesegnet mit dem Dolch, hab'
ich heimgeführt meine Braut. (zärtlich zu Amalien)
Und nicht wahr, er mus süs gewesen seyn, der
Tod von Bräutigams Händen? Nicht, Amalia?

Amalia. (sterbend im Blut) Süs! Süs! (sie streckt
ihre Hand aus und stirbt)

Räuber M. (zu der Bande, mit Majestät) Nun,
Ihr erbärmlichen Gesellen! So hoch schwindelte
doch wol Eure Schurkenforderung nie? Ein Leben
habt Ihr mir geopfert, das schon verfallen war, —
ein Leben voll Abscheulichkeit und Schande. — Ich hab' Euch einen Engel geschlachtet.
(wirft den Degen mit Verachtung unter sie hin) Wir sind
quitt, Banditen! — Ueber dieser Leiche liegt
meine Handschrift zerrissen.

Räuber. (drängen sich hinzu, ihm Hand und Rock zu
küssen) Deine Leibeig'nen wieder bis in den Tod!

Räuber M. Nein! Nein! Nein! Leise flistert's
mein Genius: "Geh' nicht weiter, Moor,
hier ist der Markstein des Menschen, —
und der deine." Nehmt ihn zurück diesen blut-

gen Busch! (er reißt seinen Busch vom Hut, und wirft ihn auf die Erde) Wer Lust hat Hauptmann zu seyn nach mir, mag ihn aufheben.

Grimm. Ha, Muthloser! wo sind deine hoch=fliegenden Plane! Sind's Seifenblasen gewe=sen, die bei'm Todesröcheln eines Weibes zer=platzten?

Räuber M. (mit Würde) Untersucht nicht, wie Moor handelt; das ist mein letzter Befehl.— Kommt! Schließt einen Kreis um mich, und ver=nehmt das Testament Euers sterbenden Haupt=manns! (er heftet einen verweilenden Blick auf die Bande) Ihr seid treu an mir gehangen; — treu ohne Beispiel. — Hätt' Euch die Tugend so vest ver=brüdert, als die Sünde: — Ihr wär't Helden worden, und die Menschheit spräch' Eure Namen mit Wonne. Geht hin, und opfert Eure Gaben dem Staat. Dient einem König, der für die Rechte der Menschheit streitet. — Mit diesem Se=gen entlaß ich Euch! (zu Schweizer und Kosinsky) (Die übrigen Räuber gehn langsam und bewegt von der Bühne)

Neunter Auftritt.

Räuber Moor. Schweizer. Kosinsky.

Räuber M. Gieb mir deine Rechte, Kosinsky! Schweizer, deine Linke! (er nimmt ihre Hände und steht mitten zwischen beiden; zu Kosinsky) Du bist noch rein junger Mann, — unter den Unreinen der einzige Reines (zu Schweizern) Tief hab' ich diese Hand getaucht in Blut. — Ich bin's, der's gethan hat. Mit diesem Händedruck nehm ich zurück, was' mein ist. Schweizer! du bist rein. (er hält ihre Hände mit Inbrunst gen Himmel) Vater im Himmel! Hier geb' ich sie dir wieder! — Sie werden wärmer an dir hangen, als deine Niemalsgefallenen. Das weis ich gewis.

Schweizer und Kosinsky. (fallen sich von beiden Seiten herüber um den Hals)

Räuber M. Jetzt nicht, — nur jetzt nicht, meine Lieben. Schon't meines Muths in dieser richtenden Stunde. — Eine Grafschaft ist mir heut' zugefallen; — ein Schatz, worauf noch kein Fluch den Harpyenflügel schlug. Theilt sie unter Euch, Kinder! Werdet gute Bürger, und wenn Ihr gegen zehn, die ich zu Grund' richtete, nur Einen glücklich macht, so wird meine Seele gerettet.— Geht! — Kein Lebewohl! — Dort sehn wir uns wieder, — oder auch nicht wieder. — Fort! Fort! eh' ich weich werde!

(beide entfernen sich mit verhüllten Gesichtern, bleiben aber im Hintergrund der Bühne)

Räuber M. (allein; nach einer Pause, sehr heiter) Und auch ich bin ein guter Bürger! — Erfüll' ich nicht das entsetzlichste Gesetz? Ehr' ich es nicht? Räch' ich es nicht? — Ich erinn're mich)

einen armen Schelm gesprochen zu haben, als ich
herüberkam, der im Tagelohn arbeitet und eilf lebendige Kinder hat. — Man hat tausend Dukaten geboten, wer den grossen Räuber lebendig liefert. Dem Mann kann geholfen werden!

Schweizer. (der ihn mit ausgebreiteten Armen aufhält)
Halt! Wohin da? Bei Gott, Moor! Du sollst
keinen Schritt von hier. Was wär' mir Seegen
und Seeligkeit ohne dich? — Kosinsky! geh'!
vollzieh' deines Hauptmanns Testament! Verlas
uns!

Kosinsky. (scheint unentschlüssig)

Schweizer. (dräuend) Geh' diesen Augenblick,
sag' ich!

Kosinsky. (geht ab, indem er noch einigemal traurig
zurückblickt)

Schweizer. (wendet sich wieder wehmütig zu Moor)
Armer, guter Hauptmann! Du auf dem Rade?
Du unter Henkers Händen? — (mit schrecklichem
entschlossenen Ton) Nein! Nein! Nein! Frei
lebte Moor, — frei mus Moor sterben!
(Pause. Dann führt er ihn weiter vor) Sieh mich starr
an, Moor! Aug' in's Aug'! — So! — Steht
dein Entschlus vest, unerschütterlich vest?

Räuber M. So gewis ich verdammt bin!

Schweizer. (zieht seinen Dolch, und durchstösst ihn)
Wohlan! So sterbe denn Moor durch Schwei-

zer! — (den Dolch gegen sich selbst) Und Schweizer
mit ihm!

Räuber M. Halt! (taumelt kraftlos auf ihn zu, ent-
windet ihm den Dolch und wirft ihn weit von sich. Dann,
indem er die Arme um ihn wirft) Ich danke dir, Bruder! (er sinkt zu Boden) Vater! — Amalia! —
Schwei—zer!

(er stirbt. Der Vorhang fällt.)

Ende.

————